愿你慢慢长大

刘瑜 周国平 等 / 著

北京联合出版公司
Beijing United Publishing Co.,Ltd.

图书在版编目（CIP）数据

愿你慢慢长大 / 刘瑜等著 . —北京：北京联合出版公司，2018.1（2024.1重印）

ISBN 978-7-5596-1170-3

Ⅰ . ①愿… Ⅱ . ①刘… Ⅲ . ①随笔—作品集—中国—当代 Ⅳ . ① I267.1

中国版本图书馆 CIP 数据核字 (2017) 第263125号

愿你慢慢长大

作　　者：刘　瑜　周国平　等
责任编辑：龚　将　夏应鹏
产品经理：严小额　周乔蒙
特约编辑：丛龙艳

北京联合出版公司出版
(北京市西城区德外大街83号楼9层　100088)
北京联合天畅发行公司发行
天津中印联印务有限公司印刷　新华书店经销
字数：135千字　880mm×1230mm 1/32 印张：8
2018年1月第1版 2024年1月第42次印刷
ISBN 978-7-5596-1170-3
定价：45.00元

未经书面许可，不得以任何方式转载、复制、翻印本书部分或全部内容。
版权所有，侵权必究
如发现图书质量问题，可联系调换。质量投诉电话：010-88843286/64258472-800

写在前面

如果说，过去我们看教养类的书籍，是在上一堂课的话，我们希望此刻，拿到您手里这本书的感觉，更像是一次促膝聊天。坐在一起的人，有思想家、教育家、哲学家、社会学家、作家、媒体人、画家、电台主持人，还有普普通通的家庭主妇、咖啡店老板。大家坐在一起，分享自己对孩子的爱和期待，以及一些关于教养的真心话。

很多人，当上父母之初，都会惊然发现，原来自己并不比当年的父母更懂教孩子；还会发现，自己仍然在不知不觉地延续自身的经历教孩子，当年那些被自己痛恨的做法，依然被施加在下一代身上。比如，对孩子缺乏耐心而大吼大叫；比如，期待他考第一名；比如，送他去各种各样的兴趣班，生怕落在别人后面；再比如，给孩子落后于时代的价值观……我们付出很多很多的辛苦，还是常常感到茫然，像被裹挟在洪流之中，停不下来。

希望这本书，能让你"慢"下来，静下来。

欣赏（感受）成长本身所具有的另外一些意义。

我们觉得养孩子很累，其实就是因为太心急了。

要相信，你放松下来，比找到"对的方法"更重要。

简言概之，本书讲述的就是，好的"成长"具体而言是什么样子。

当你学会让孩子慢慢地长大，你会很轻松，孩子也会快乐。一个在快乐中成长的人，会更懂得待人友善，积极进取。他会独立思考，眼界开阔，热爱生活和运动，照样能自己主动学习，自己交朋友，更重要的是，他能与父母很好地相处。

就像孩子要勇敢面对人生各项挑战一样，家长也需要面对观念的更新和更多挑战，希望这本书，能让我们一起走上一场温柔的教养旅程，让教育孩子成为一件美好又自在的事。

编者

目 录

PART 1

亲爱的小孩——

愿你被很多人爱，如果没有，愿你在寂寞中学会宽容

愿你慢慢长大 / 刘瑜 /4

不想长大 / 周国平 /12

关于父子 / 贾平凹 /26

每个生命都有自己的光芒 / 贾平凹 /34

赢在起跑线上也不一定一生都成功 / 李银河 /40

大男 / 冯唐 /46

写给儿子的一封信 / 蔡春猪 /52

我们彼此的人生是独立的 / 庆山 /64

三个真相 / 古典 /72

给儿子 / 梁继璋 /78

关于两百年后的世界 / 刘慈欣 /82

让你的孩子努力考 7-17 名 / 林清玄 /90

我交给你们一个孩子 / 张晓风 /98

我们希望你成长的世界，好过我们今天的世界 /（美）扎克伯格 /102

PART 2

大师的叮咛——
要懂得过快快乐乐的生活，要学会过各种不同的生活

莫问收获，但问耕耘 / 梁启超 /110

做人要做最上等的人 / 胡适 /116

为什么读书 / 胡适 /122

要懂得过快快乐乐的生活，要学会过各种不同的生活 / 董桥 /132

小方子，你不能再玩了 / 曹禺 /138

孩子 / 梁实秋 /144

给我的孩子们 / 丰子恺 /150

孩子们常读这五类书，人生情味都会厚 / 钱穆 /156

孩子为什么一定要上学 /（日）大江健三郎 /170

爱好昆虫的孩子 /（法）法布尔 /180

PART 3

爱的手记——
我又一次无条件地相信他

我把她送到可以让她施展拳脚的地方 /（美）特瑞·约翰逊 /202

我又一次无条件地相信她 / 时光 /210

请温和坚定地对你的孩子吧 / 一念 /224

"如果你有一颗钻石呢？" / 陈子寒 /230

望子成人——提心吊胆二十年 / 王森 /238

PART 1
亲爱的小孩

愿你被很多人爱,

如果没有,

愿你在寂寞中学会宽容

○ 刘瑜

妈妈希望你来到这个世界不是白来一趟，能有愿望和能力领略它波光激滟的好，并以自己的好来成全它的更好。妈妈相信人的本质是无穷绽放，人的尊严体现在向着真善美无尽奔跑。

愿你慢慢长大

刘瑜

亲爱的小布谷：

今年六一儿童节，正好是你满百天的日子。

当我写下"百天"这个字眼的时候，着实被它吓了一跳——一个人竟然可以这样小，小到以天计。在过去一百天里，你像个小魔术师一样，每天变出一堆糖果给爸爸妈妈吃。如果没有你，这一百天，就会像它之前的一百天，以及它之后的一百天一样，陷入混沌的时间之流，绵绵不绝而不知所终。

就在几天前，妈妈和一个阿姨聊天，她问我：为什么你决定要孩子？我用了一个很常见也很偷懒的回答：为了让人生更完整。她反问：这岂不是很自私？用别人的生命来使你的生命更"完整"？是啊，我想她是对的。但我想不出一个不自私的生孩子的理由。

古人说"不孝有三，无后为大"，不自私吗？现代人说"我喜欢小孩"，不自私吗？生物学家说"为了人类的繁衍"，哎呀，听上去多么神圣，但也不过是将一个人的自私替换成了一个物种甚至一群基因的自私而已。对了，有个叫道金斯的英国老头写过一本书叫《自私的基因》，你长大了一定要找来这本书读读，你还可以找来他的其他书读读，妈妈希望你以后是个爱科学的孩子，当然妈妈也希望你在爱科学的同时，能够找到自己的方式挣脱虚无。

因为生孩子是件很"自私"的事情，所以母亲节那天，看到铺天盖地"感谢母亲""伟大的母爱"之类的口号时，我只觉得不安甚至难堪。我一直有个不太正确的看法：母亲对孩子的爱，不过是她为生孩子这个选择承担后果而已，谈不上什么"伟大"。

以前我不是母亲的时候不敢说这话，现在终于可以坦然说出来了。甚至，我想，应该被感谢的是孩子，是他们让父母的生命更"完整"，让他们的虚空有所寄托，让他们体验到生命层层开放的神秘与欣喜，最重要的是，让他们体验到尽情地爱——那是一种自由，不是吗？能够放下所有戒备去信马由缰地爱，那简直是最大的自由。作为母亲，我感谢你给我这种自由。

也因为生孩子是件自私的事情，我不敢对你的未来有什么"寄望"。

没有几个汉语词汇比"望子成龙"更令我不安，事实上这四个字简直令我感到愤怒：有本事你自己"成龙"好了，为什么要望子成龙？如果汉语里有个成语叫"望爸成龙"或者"望妈成龙"，当父母的会不会觉得很无礼？

所以，小布谷，等你长大，如果你想当一个华尔街的银行家，那就去努力吧，但如果你仅仅想当一个面包师，那也不错。如果你想从政，只要出于恰当的理由，妈妈一定支持，但如果你只想做个动物园饲养员，那也挺好。我所希望的只是，在成长的过程中，你能幸运地找到自己的梦想——不是每个人都能找到人生的方向感，又恰好拥有与这个梦想相匹配的能力——也不是每个人都有与其梦想成比例的能力。

是的，我祈祷你能"成功"，但我所理解的成功，是一个人对自己所做的事情有敬畏与热情——在妈妈看来，一个每天早上起床都觉得上班是个负担的律师，并不比一个骄傲地对顾客说"看，这个发型剪得漂亮吧"的理发师更加成功。

但是，对你的"成就"无所寄望并不等于对你的品格无所寄望。妈妈希望你来到这个世界不是白来一趟，能有愿望和能力领略它波光潋滟的好，并以自己的好来成全它的更好。

妈妈相信人的本质是无穷绽放，人的尊严体现在向着真善美无尽奔跑。

所以，我希望你是个有求知欲的人，大到"宇宙之外是什么"，小到"我每天拉的屎冲下马桶后去了哪里"，都可以引起你的好奇心；我希望你是个有同情心的人，对他人的痛苦——哪怕是动物的痛苦——抱有最大程度的想象力，因而对任何形式的伤害抱有最大程度的戒备心；我希望你是个有责任感的人，意识到我们所拥有的自由、和平、公正就像我们拥有的房子、车子一样，它们既非从天而降，也非一劳永逸，需要我们每个人去努力追求与奋力呵护；我希望你有勇气，能够在强权、暴力、诱惑、舆论甚至小圈子的温暖面前坚持说出"那个皇帝其实并没有穿什么新衣"；我希望你敏感，能够捕捉到美与不美之间势不两立的差异，能够在博物馆和音乐厅之外、生活层峦叠嶂的细节里发现艺术；作为一个女孩，我还希望你有梦想，你的青春与人生不仅仅为爱情和婚姻所定义。这个清单已经太长了，是吗？

对品格的寄望也是一种苛刻，是吗？好吧，与其说妈妈希望你成为那样的人，不如说妈妈希望你能和妈妈相互勉励，帮助对方成为那样的人。

有一次妈妈和朋友们聊天，我说希望以后"能和自己的孩子成为好朋友"，结果受到了朋友们的集体嘲笑。他们说，这事可没什么盼头，因为你不能预测你的孩子将长成什么样，一个喜欢读托尔斯泰的妈妈可能生出一个喜欢读《兵器知识》的小孩，一个茶党妈妈可能生出一个信仰共产主义的小孩，一个热爱古典音乐的妈妈可能生出一个热爱摇滚的小孩，甚至，一个什么都喜欢的妈妈可能生出一个什么都不喜欢的小孩。而就算他价值观念、兴趣爱好都和你相近，他也宁愿和他的同龄人交流而不是你。所以，朋友们告诫我，还是别做梦有一天和你的孩子成为朋友啦。好吧，妈妈不做这个梦了，我不指望你十五岁那年和爸爸妈妈成立一个读书小组，或者二十五岁那年去非洲旅行时叫上妈妈。如果有一天你发展出一个与妈妈截然不同的自我，我希望能为你的独立而高兴。如果你宁愿跟你那个满脸青春痘的胖姑娘同桌而不是跟妈妈交流人生,那么我会为你的人缘而高兴。如果——那简直是一定的——我们为"中国往何处去"以及"今晚该吃什么"吵得不可开交,如果——那也是极有可能的——你也像妈妈一样脾气火暴,我也希望你愤然离家出走的时候记得带上手机、钥匙和钱包。

小布谷,你看,我已经把太多注意力放在"以后"上面了,事实上对"以后"的执着常常伤害人对当下的珍视。怀孕的时候,妈妈天天盼着你能健康出生,你健康出生以后,妈妈又盼着你能尽快满月,满月之后盼百天,百天之后盼周岁,也许妈妈应该把目光从未来拉回到现在,对,现在。现在的你,有一百个烦人的理由,你有时候因为吃不够哭,有时候又因为厌奶哭,你半夜总醒,醒了又不肯睡,你常常肠绞痛,肠绞痛刚有好转就又开始发低烧,发烧刚好又开始得湿疹,但就在筋疲力尽的妈妈开始考虑是把你卖给马戏团还是把你扔进垃圾桶时,你却靠在妈妈怀里突然憨憨地一笑,小眼睛眯着,小肉堆着,就这一笑,又足以让妈妈升起"累死算了"的豪情。岂止你的笑,你睡着时嘴巴像小鱼一样嗯嗯嗯的样子,你咿咿呀呀时耸耸着的鼻子,你消失在层层下巴之后的脖子,你边吃奶边哭时哎呀哎呀的声音,你可以数得出根数却被妈妈称为浓密的睫毛，都给妈妈带来那么多惊喜。妈妈以前不知道人会抬头这事也会让人喜悦，手有五个手指头这事也会让人振奋，一个人嘴里吐出一个"哦"字也值得奔走相告——但是你牵着妈妈的手，引领妈妈穿过存在的虚空，重新发现生命的奇迹。现在，妈妈在这个奇迹的万丈光芒中呆若木鸡，妈妈唯愿你能对她始终保持耐心，无论阴晴圆缺，无论世事变迁，都不松开那只牵引她的手。

小布谷，愿你慢慢长大。

愿你有好运气，如果没有，愿你在不幸中学会慈悲。

愿你被很多人爱，如果没有，愿你在寂寞中学会宽容。

愿你一生一世每天都可以睡到自然醒。

布妈

○周国平

我要再三强调：孩子的心灵比我们所认为的细腻得多，敏锐得多，我们千万不要低估。

不想长大

周国平

啾啾两岁的生日,早晨醒来,妈妈告诉她,今天是宝贝的生日,宝贝满两岁了。在为她唱了《生日快乐》之后,妈妈想检验一下她是否知道自己由一岁变为两岁了,便问:"宝贝几岁了?"她答:"两岁。"立即又发出表示反对的上声"嗯",说:"不是两岁!"妈妈问:"三岁?"反对的"嗯"声更响了,一边使劲摇头。"一岁?"她点点头。"还想当小贝贝?"这回是表示赞同的去声"嗯",表情很坚决。

三岁的时候,妈妈给她讲她以前的事,她听得入迷,说:"要是我还那么小就好了。"妈妈说:"你还那么小,现在会做的许多事都不会做了。"啾啾对此不置可否,继续说自己的想法:"我长到两岁,就觉得一岁特别好,长到三岁,就觉得两岁特别好。"我心中暗惊,岁月因失去而美丽,这样精微的体验,她小小的年纪就领悟到了。

说起以后长大,她的口气常常是有些伤感的。妈妈问:"宝贝什么时候变得这么可爱的?"我说:"宝贝从生下来就可爱,可爱到现在,还要可爱下去。"她看我一眼,略带遗憾地说:"长大了就不可爱了。"然后转身问妈妈,"妈妈,到我八岁的时候,你还会记得我特别小的时候的样子吗?"在她的小脑瓜里,八岁已经是长大了吧。妈妈说会的,可是我知道,啾啾的担忧是有道理的。每当我迷醉于她的可爱模样的时候,我也总是听见我的心在为眼前的这个模样必将被时光带走而叹息。日子一天天过,孩子似乎无甚变化,有一天蓦然回首,童稚的情景已经永成过去。

办公室里,妈妈在埋头工作,啾啾在另一张桌子前画画。因为保姆休假,妈妈带着她来上班了。她很乖,不去打扰妈妈。在画画时,她不时地抬头看一眼妈妈。画了一会儿,她爬下椅子,走到妈妈身旁,说:"妈妈,我觉得你好漂亮。"

妈妈说:"宝贝比妈妈更漂亮。"

她说:"妈妈,我不让你老,你老了就会不漂亮了。"接着问,"外婆年轻的时候是什么样子的?那时候她漂亮吗?"

妈妈心不在焉地回答:"还凑合吧。"

她站着不走,妈妈留意了,抬起头来,问她还想说什么。她说:"我长得像你,你又像你妈妈……"停顿了一下,然后小声说,"我害怕!"

妈妈问:"怕什么?"

她说:"我不愿像外婆。将来我有了宝贝,我也不愿她像你。"

妈妈有点儿吃惊,问:"你这么爱妈妈,你的宝贝像妈妈不好吗?"

她坚定地回答:"不好,她像我就行了。"

啾啾四岁半,一天晚上,在饭桌上,她突然说:"我不想长大。"我悄悄观察她,她的表情是认真的,甚至是痛苦的。我知道讲大道理没有用,就用开玩笑的口气对她说:"那你就缩小吧,再变成一个小贝贝。"她说:"我也不缩小,就现在这样很好。"我说："你想想，如果你总这样，你周围的小朋友都长大了，上小学了，他们会笑你的。"她语气坚定地说："没有关系。"妈妈插话说："以后妈妈老了，你还这么大，我都抱不动你了。"她闻言立刻放声大哭，喊起来："我不想长大！我也不让你变老！"到这个地步，我和红别无他法，只好答应她："好，宝贝不长大，爸爸妈妈也不变老。"她止哭了。为了逗她高兴，我和她拉钩，她学我反复地说："拉钩拉钩，永远不老。"玩了一会儿，她破涕为笑了。

此后几天，我出差，她和妈妈在家里，她便经常要妈妈为永远不老和她拉钩，走到哪里，拉到哪里。妈妈开车，她坐在副驾驶座上，也伸过手去和妈妈为此拉钩。有一回，拉完了钩，她问妈妈："你说拉钩管用吗？"我出差回来了，她一见我，也急忙问："爸爸，拉钩管不管用？"我说："管用，天上有一个神仙，他看见我们拉钩，他会听我们的。"这句话又让她思考了一些天，仍觉得不十分可信，悄悄问妈妈："你说天上真有神仙看见我们拉钩吗？"

她将信将疑，心里一直在琢磨。也许是受了那天我让她缩小的戏言的启发，她产生了一个新的思路。她对妈妈说："我不喜欢时间这么向前过，我想倒着过。"妈妈问她是什么意思，她说："我不想今天过了是明天，明天过了是后天，我要从最后面过起,一直到后天、明天、今天、昨天,这样我就可以越过越小,最后又可以吃妈妈的奶,又可以回到妈妈的肚子里了。"妈妈说:"你回到了我的肚子里,再往后过,你就变没有了,妈妈也变回小姑娘了。"这个推理有点儿出乎她的预料,她想了一会儿,说:"我回到了你的肚子里,就停住了,不要再往后过了。"

我心中想:我的宝贝和我太像了,这么早就意识到了岁月的无情和生命的有限,在紧张地寻找一条出路。对于人生宿命的抗拒和接受,抗拒的失败,接受的无奈,这一出古老的悲剧已经在她的小小心灵里拉开序幕。

这些日子里,啾啾格外多愁善感,她变得很爱哭。她从来恋妈妈,现在更恋了,寸步不肯离开。每当妈妈要外出,她就哭,坚决不让。她说:"我再也离不开妈妈了,因为我变小了。"

一天夜晚,她背朝妈妈躺着,妈妈以为她睡着了,正想起来去工作,她突然转过身来,紧紧搂住了妈妈。妈妈发现她在流泪,惊慌地问她哪里不舒服。她说:"妈妈,要是你很老了,死了,别人会把你埋在地下吗?"马上接着说,"你很老了、快死了的时候,你就赶紧回家,死了留在家里,我就可以一直闻你的味儿了。"妈妈说:"人死了会臭的,味儿很难闻。"她说："我还是喜欢妈妈的味儿。"说完泪如雨下，呜咽不止。

在一再宣布不想长大的同时，啾啾的身体出现了一个异常的情况。她早就学会了控制大小便，可是，在这大约一个来月的时间里，她突然又经常尿床、尿裤子，在幼儿园也如此，老师多次捎话，让我们带她就医。

我的判断是，这个症状很可能源自她的心病，是她潜意识里表示不肯长大的一种方式。不过，也有可能是尿道感染，我们仍决定带她去医院检查。

啾啾对于去医院总是很害怕的，这天下午，我们到幼儿园接了她，她坐在后座上，一听是去医院，马上哭了，嚷道："直接回家！"妈妈向她解释说，今天去医院只是尿一点儿尿，让医生在显微镜下看一看尿里面有没有病菌。尿尿可怕吗？她承认不可怕，就平静下来了。化验结果正常，医生认为症状是精神因素所致，正与我的判断相符。

在医院里，我们看见一个一岁多的农村小女孩站在二楼的厅里哭。她有时挪动一小步，不停地哀泣和用手擦眼睛下面，但没有眼泪。至少有半个多小时，无人来领她。肯定是她的母亲遗弃了她，我依稀记得刚才见过一个红衣农村妇女抱着她，就向院方报告，录像证实了这一点。她的嘴唇发紫，大约患有先天心脏病。我们站在那里守了很久，红不停地用餐巾纸给她擦鼻涕，啾啾也不时去抚摩她一下。红抱起她，她不哭了。红差不多动心要把她抱回家了，最后还是理智占了上风。

回到家里，我们仍在谈论这个小女孩。妈妈说："要不是收养手续太麻烦，我真把她带回来了。"啾啾说："她真可怜，以后成孤儿了。"我问："如果带回来，她就是你的妹妹，你喜欢她吗？"她答："喜欢，她挺可爱的。"我说："可是，你现在已经四岁多了，还尿裤，她会笑你这个姐姐的。你想想，同班的小朋友还有没有尿裤的？"她当真想了一会儿，终于举出了一个例子，但承认那个小朋友只是偶尔尿裤。接着她申辩："我不是要像现在这么大，我要回到妈妈怀里吃奶。"意思很清楚：吃奶的孩子可以尿裤。

啾啾要过五岁生日了，早晨一起床，她就宣布："今天是我的生日，你们必须听我的。"接着宣布，"我不想办生日。"

当时正值"非典"流行，我们临时住在城郊的住宅里，红觉得她太寂寞了，就和她商量，只请小区里她刚认识的几个小朋友到家里来吃蛋糕，她勉强同意了。没有料到的是，小朋友的妈妈们也都来了，而且在客厅里坐了三个小时仍无去意。已是晚餐时间，红临时决定带大家去餐馆吃饭。我在书房里，忽然听见啾啾的大哭声，到客厅看，只见众人正在朝外走，红拉着啾啾，啾啾一边哭一边奋力抵抗。我抱起啾啾，不客气地说："改日吧，我们答应啾啾不办生日的。"妈妈们带着孩子悻悻地下楼去了。

在我的印象中，啾啾对于过生日从来不热衷，即使生日那天玩得快乐，隐隐中仍有一种抵触。这一次的生日，她是公开抵制，也许再加上客不投缘的因素，就大大地发作了一场。

生日后不久，一个朋友来家里，看见啾啾，问她几岁了，她答五岁。然后，我看见她站在那里若有所思，自语道："我觉得四岁太快了，刚到四岁，就五岁了。"我顿时明白，这些日子她一直沉浸在岁月易逝的忧愁中。

上小学后，她好像把这种情绪克制起来了，但偶尔仍有流露。一个星期五的早晨，看她为上学而早起，我觉得心疼，就对她说："宝贝，明天又是周末了，可以不上学了，我为你高兴。"不料她神色黯然地说："我不喜欢。"说着眼睛红了。我问为什么，她答："过得太快了，我不想长大。"

不想长大已经成为啾啾的一个相当严重的心理症结。她是一个聪明的孩子，不愿意陷在痛苦的情绪之中，自己在思考，试图找到一种能够说服自己的道理。

她问我："你说，人会长大好，还是不会长大好？"

我答："各有好处，也各有坏处。"

她表示赞同，马上谈不长大的坏处："还是那么小，却满面皱纹……"

我说："不长大就总是小孩的样子，不会满面皱纹的。"

她问："也不会死？"

我点头。她动心了。我说："可是也没有亲人了，因为亲人都会死。"

她提出异议，说："亲人会有后代呀，所以仍有亲人。"

我承认她说得对，就换一个角度说："爸爸已经长大了，知道长大了能够经历许多有意思的事，比如会有自己的小贝贝。你不长大，就永远不能有自己的小贝贝了。"

这个理由很有力量，因为她一直觉得有小贝贝是一件有意思的事。愣了一会儿，她说："其实长大也可以，但不要老，我就是不想老。"

我说："我也不想老。"

她说："最好是又长大，又不会老。爸爸，你说有什么办法吗？"

我说："从古代开始，有许多人在找这个办法，好像都没有找到。"

她叹了一口气，不说话了。

韶光流逝，人生易老，人们往往以为只有成年人才会有这样的惆怅，其实不然。我们总是低估孩子的心灵。我自己的幼时记忆，我的女儿的幼时表现，都证明一个人在生命早期就可能为岁月匆匆而悲伤，为生死大限而哀痛。不要说因为我是哲学家，我小时候哪里知道将来会以哲学为业。不要说因为啾啾是哲学家的女儿，她的苦恼与哲学理论哪里有半点儿关系。我要再三强调：孩子的心灵比我们所认为的细腻得多，敏锐得多，我们千万不要低估。

那么，当孩子表露了这种大人也不堪承受的生命忧惧，提出了这种大人也不能解决的人生难题时，我们怎么办？

首先，我们要留心，要倾听，让孩子感到，我们对他的苦恼是了解和关切的。如果家长听而不闻，置之不理，麻木不仁，孩子就会把苦恼埋在心底，深感孤独无助。

其次，要鼓励孩子，让他知道，他想的问题是重要的、有价值的,他能够想这样的问题证明他聪明、会动脑子。有一些愚蠢的家长,一听见孩子提关于死亡的问题就大惊小怪,慌忙制止,仿佛孩子做了错事。这种家长自己一定是恐惧死亡和逃避思考的,于是做出了本能的反应。他们这样反应,会把恐惧情绪传染给孩子,很可能从此就把孩子圈在如同他们一样的蒙昧境界中了。

最后,要以平等、谦虚的态度和孩子进行讨论,不知为不知,切忌用一个平庸的答案来把问题取消。你不妨提一些可供他参考的观点,但一定不要做结论。我经常听到,当孩子对死亡表示困惑时,大人就给他讲一些大道理,什么有生必有死呀,人不死地球就装不下了呀,我听了心中就愤怒,因为他们居然认为用这些生物学、物理学的简单道理就可以打发掉孩子灵魂中的困惑,尤其是他们居然认为孩子灵魂中如此有价值的困惑应该被打发掉!

其实,一切重大的哲学问题,比如生死问题,都是没有终极答案的,更不可能有所谓的标准答案。这样的问题要想一辈子,想本身就有收获,本身就是觉悟和修炼的过程。孩子一旦开始想这类问题,你不要急于让孩子想通,事实上也不可能做到。宁可让他知道,你也还没有想通呢,想不通是正常的,咱们一起慢慢想吧。

让孩子从小对人生最重大也最令人困惑的问题保持勇于面对的和开放的心态，这肯定有百利而无一弊，有助于在他的灵魂中生长起一种根本的诚实。孩子心灵中的忧伤，头脑中的困惑，只要大人能以自然的态度对待，善于引导，而不是去压抑和扭曲它们，都会是精神的种子，日后忧伤必将开出艺术的花朵，困惑必将结出智慧的果实，对此我深信不疑。

○贾平凹

做父亲的都希望自己的儿子像蛇蜕皮一样的始终是自己,但儿子却相当愿意像蝉蜕壳似的裂变。

关于父子

贾平凹

一个儿子酷像他的父亲，做父亲的就要得意了。世上有了一个小小的自己的复制品，时时对着欣赏，如镜中的花、水中的月，这无疑比仅仅是个儿子自豪得多。我们常常遇到这样的事，一个朋友已经去世几十年了，忽一日早上又见着了他，忍不住就叫了他的名字，当然知道这是他的儿子，但能不由此而企羡起这一种生生不灭、永存于世的境界吗？

做父亲的都希望自己的儿子像蛇蜕皮一样的始终是自己，但儿子却相当愿意像蝉蜕壳似的裂变。一个朋友给我说，他的儿子小时候最高兴的是让他牵着逛大街，现在才读小学三年级，就不愿意同他一块儿出门了，因为嫌他胖得难看。

中国的传统里，有"严父慈母"之说，所以在初为人父时可以对任何事情宽容放任，对儿子却一派严厉，少言语，多板脸，动辄吼叫挥拳。我们在每个家庭都能听到对儿子以"匪"字来下评语和"小心剥了你的皮"的警告，他们常要把在外边的怄气回来发泄到儿子身上，如受了领导的压制，挨了同事的排挤，甚至丢了一串钥匙，输了一盘棋。儿子在那时没力气回打，又没多少词语能骂，经济不独立，逃出家去更得饿死，除了承接打骂外，唯独是哭，但常常又是不准哭，也就不敢再哭。偶尔对儿子亲热了，原因又多是自己有了什么喜事，要把一个喜事让儿子酝酿扩大成两个喜事。

在整个的少年，儿子可以随便呼喊国家主席的小名，却不敢悄声说出父亲的大号的。我的邻居名叫"张有余"，他的儿子就从不说出"鱼"来，饭桌上的鱼就只好说吃"蛤蟆"，于是小儿骂仗，只要说出对方父亲的名字就算是恶毒的大骂了。可是每一个人的经验里，却都在记忆的深处牢记着一次父亲严打的历史，耿耿于怀，到晚年说出来仍愤愤不平。所以在乡下，甚至在眼下的城市，儿子很多都不愿同父亲待在一起，他们往往是相对无言。我们总是发现父亲对儿子的评价不准，不是说儿子"呆"，就是说他"痴相"，以至儿子成就了事业或成了名人，他还是惊疑不信。

可以说，儿子与父亲的矛盾是从儿子一出世就有了，他首先使父亲的妻子的爱心转移，再就是向你讨吃讨喝以致意见相悖惹你生气，最后又亲手将父亲埋葬。古语讲，男当十二替父志，儿子从十二岁起，父亲就慢慢衰退了，所以做父亲的从小严打儿子，这恐怕是冥冥之中的一种人之生命本源里的嫉妒意识。若以此推想，女人的伟大就在于从中调和父与子的矛盾了。世界上如果只有大男人和小男人，其实就是凶残的野兽，上帝将女人分为老女人和小女人派下来就是要掌管这些男人的。

只有在儿子开始做了父亲，这父亲才有觉悟对自己的父亲好起来，可以与父亲在一条凳子上坐下，可以跷二郎腿，共同地衔一支烟吸，共同拔下巴上的胡须。但是，做父亲的已经丧失了一个男人在家中的真正权势后，对于儿子的能促膝相谈的态度却很有几分苦楚，或许明白这如同一个得胜的将军盛情款待一个败将只能显得人家宽大为怀一样，儿子的恭敬即使出自真诚，父亲在本能的潜意识里仍觉得这是一种耻辱，于是他开始钟爱起孙子了。这种转变皆是不经意的，不会被清醒察觉的。父亲钟爱起了孙子，便与孙子没有辈分，嬉闹无序，孙子可以嘲笑他的爱吃爆豆却没牙咬动的嘴，在厕所比试谁尿得远，自然是爷爷尿湿了鞋而被孙子拔一根胡子来惩罚了。他们同辈人在一块儿，如同婆婆们在一块儿数说儿媳一样述说儿子的不是，完全变成了长舌男，只有孙子来，最喜欢的也最能表现亲近的是动手去摸孙子的"小雀雀"。这似乎成了一种习惯，且不说这里边有多少人生的深沉的感慨、失望和向往，但现在一见孩子就要去摸简直是唯一的逗乐了。这样的场面，往往使做儿子的感到了悲凉，在孙子不成体统地与爷爷戏谑中就要打伐自己的儿子，但父亲却在这一刻里凶如老狼，开始无以复加地骂儿子，把积聚于肚子里的所有的不满全要骂出来，真骂个天昏地暗。

但爷爷对孙子不论怎样地好，孙子都是不记恩的。孙子在初为人儿时实在也是贱物，他放着是爷爷的心肝不领情而偏要做父亲的扁桃体，于父亲是多余的一丸肉，又替父亲抵抗着身上的病毒。孙子没有一个永远记着他的爷爷的，由此，有人强调要生男孩能延续家脉的学说就值得可笑了。试问，谁能记得他的先人什么模样又叫什么名字呢？最了不得的是四世同堂能知道他的爷爷、老爷爷罢了，那么，既然后人连老爷爷都不知何人，那老爷爷的那一辈人一个有男孩传脉，一个没男孩传脉，价值不是一样的吗？话又说回来，要你传种接脉，你明白这其中的玄秘吗？这正如吃饭是繁重的活计，不但要吃，吃的要耕要种要收要磨，吃时要咬要嚼要消化要拉泄，要你完成这一系列任务，就生一个食之欲给你，生育是繁苦的劳作，要性交要怀胎要生产要养活，要你完成这一系列任务就生一个性之欲给你，原来上帝在造人时玩的是让人占小利吃大亏的伎俩！而生育比吃饭更繁重辛劳，故有了一种欲之快乐后还要再加一种不能断香火的意识，于是，人就这么傻乎乎地自得其乐地繁衍着。唉唉，这话让我该怎么说呀？还是只说关于父子的话吧。

我说，作为男人的一生，是儿子，也是父亲。前半生儿子是父亲的影子，后半生父亲是儿子的影子。前半生儿子对父亲不满，后半生父亲对儿子不满，这如婆婆和媳妇的关系，一代一代的媳妇都在埋怨婆婆，你也是媳妇，你也是婆婆，你埋怨你自己。我有时想，为什么上帝不让父亲永远是父亲，儿子永远是儿子，人数永远是固定着，儿子那就甘为人儿地永远安分了呢？但上帝偏不这样，一定是认为这样一直不死地下去虽父子没了矛盾而父与父的矛盾就又太多了。所以要重换一层人，可是人换一层还是不好，又换，就反反复复换了下去。那么，换来换去还是这些人了！可不是嘛，如果不停地生人死人，人死后据说灵魂又不灭，那这个世界里到处该是幽魂，我们抬脚动手就要碰撞他们或者他们碰撞了我们。不是的，绝不是这样的，一定还是那些有数的人在换着而重新排列罢了。记得有一个理论是说世上的有些东西并不存在着什么优劣，而质量的秘诀全在于秩序排列，石墨和金刚石构成的分子相同，而排列的秩序不一，质量截然两样。聪明人和蠢笨人之所以聪明、蠢笨也在于细胞排列的秩序不同。哦，不是有许多英雄和盗匪在被枪杀时大叫"二十年又一个×××吗"？这英雄和盗匪可能是看透了人的玄机的。所以我认为一代一代的人是上帝在一次次重新排列了推到世界上来的，如果认为那怎么现在比过去人多，也一定是仅仅将原有的人分劈开来，各占性格的一个侧面一个特点罢了，那么你曾经是我的父亲，我的儿子何尝又不会是你，父亲和儿子原本是没有什么区别的。明白了这一点多好呀，现时为人父的你还能再专制你的儿子吗？现时为人儿的你还能再怨恨现时你的父亲吗？不，不，还是这一世人民主、和平、仁爱地活着为好，好！

○ 贾平凹

我反对要去做什么家,你首先做人,做普通的人。

每个生命都有自己的光芒

贾平凹

一个家庭组合十年,爱情就老了,剩下的只是日子,日子里只是孩子,把鸡毛当令箭,不该激动的事激动,别人不夸自家夸。全不顾你的厌烦和疲劳,没句号地要说下去。

我曾经问过许多人,你知道你娘的名字吗?回答是必然的。知道你奶奶的名字吗?一半人点头。知道你老奶奶的名字吗?几乎无人肯定。我就想,真可怜,人过四代,就不清楚根在何处，世上多少夫妇为续香火费了天大周折，实际上是毫无意义！

结婚生育，原本是极自然的事，瓜熟蒂落，草大结籽，现在把生儿育女看得不得了了，照仪器呀，吃保胎药呀，听音乐看画报胎教呀，提前去医院，羊水未破就呼天喊地，结果十个有九个难产，八个有七个产后无奶。

十三年前，我在乡下，隔壁的女人有三个孩子，又有了第四个，是从田里回来坐在灶前烧火，觉得要生了，孩子生在灶前麦草里。待到婴儿啼哭，四邻的老太太赶去，孩子已收拾了在炕上，饭也煮熟，那女人说："这有啥？生娃像大便一样的嘛！"孩子生多了，生一个是养，生两个三个也是养，不见得痴与呆，脑子里进了水，反倒难产的，做了剖腹产的孩子，性情古怪暴戾，人是胎生的，人出世就要走"人门"，不走"人门"，上帝是不管后果的。

我长久地生活在北方，最愤慨的是有相当多的人为一个小小的官位尔虞我诈，钩心斗角，到位上了，又腐败无能，敷衍下级，巴结上司，没有起码的谋政道德。后来去了南方几趟，接触了许多官员，他们在位一心想干一番事业，结果也都干得有声有色。究其原因，他们说，不怕丢官的，丢了官我就去做生意，收入比现在还强哩！这是体制和社会环境所致。如今对儿女的教育何尝有点不像北方干部对待官职的态度呢？人口越来越多，传统的就业观念又十分严重，做父母的全盼望孩子出人头地，就闹出许多畸形的事体来。有人以教孩子背唐诗为荣耀，家有客人，就呼出小儿，一首一首闭了眼睛往下背。但我从没见过小时能背十首唐诗的"神童"长大了成为有作为的人。

社会是各色人等组成的，是什么神就归什么位，父母生育儿女，生下来养活了，施之于正常的教育就完成了责任，而硬要是河不让流，盛方缸里让成方，装圆盆中让成圆，没有不徒劳的，如果人人都是撒切尔夫人，人人都是艺术家，这个世界将是多么可怕！接触这样的大人们多了，就会发现愈是这般强烈地要培养儿女的人，愈是这人活得平庸。他自己活得没有自信了，就寄托儿女。这行为应该是自私和残酷，是转嫁灾难。儿女的生命是属于儿女的，不必担心没有你的设计儿女就一事无成，相反，生命是不能承受之轻和之重的，教给了他做人的起码道德和奋斗的精神，有正规的学校传授知识和技能，更有社会的大学校传授人生的经验，每一个生命自然而然地会发出自己灿烂的光芒的。

如果是做小说，作家们懂得所谓的情节是人物性格的发展，而活人，性格就是命运。我也是一个父亲，我也为我的独生女儿焦虑过，生气过，甚至责骂过，也曾想，我的孩子如果一生下来就有我当时的思维和见解多好啊！为什么我从一学起，好容易学些文化了，我却一天天老起来，我的孩子又是从一学起？

但是，当我慢慢产生了我的观点后，我不再以我的意志去塑造孩子，只要求她有坚韧不拔的精神，只强调和引导她从小干什么事情都必须有兴趣，譬如踢沙包，你就尽情地去踢，画图画，你就随心所欲地画。我反对要去做什么家，你首先做人，做普通的人。

○李银河

希望你珍爱自己的生命,做一个优雅而可爱的人,拥有一个快乐的人生。

赢在起跑线上也不一定一生都成功

李银河

亲爱的小壮壮：

今天是你十八岁生日。你终于从一个屁事不懂的小孩长成一个英俊成熟的男子汉了，我感到很欣慰。

在别的孩子都上大学的年龄，你将免考进入职业学校，学习电脑操作或者是烹饪专业，学做一个电脑操作员或者厨师。

由于你从小学习比别的孩子困难，上学又比较晚，所以你无法考大学，无法成为国家的知识精英，但是你仍然可以成为一个出色的完美的人，拥有快乐的人生。我一点也不怀疑这一点。

就像郑渊洁叔叔有一次说的：让孩子输在起跑线上。由于天生条件不优越，你用不着跟其他孩子竞争，一定要拼命赢在起跑线上。因为你的一生不是十几年，而是几十年，输在起跑线上也不一定就一生都失败，赢在起跑线上也不一定就一生都成功。你就属于输在起跑线上的孩子，可是我对你有信心，你的人生不一定就一直失败，终身失败。

在德国，孩子们根据自己的天赋，有的进入大学，出来是白领；有的进入职业学校，学一门手艺，出来是蓝领。两种人都不觉得有什么不妥，也不明显觉得谁高谁低，更不会觉得前者才是成功，后者就是失败。我们中国学校实际上也分为这两类，跟德国不同的是，中国人一般都把前者视为成功、后者视为失败，从而为考不上大学的孩子徒增一层烦恼。

可能是因为"万般皆下品，唯有读书高"的文化传统，也可能是因为重视脑力劳动、轻视体力劳动的社会评价，智商不够高的孩子在中国压力大，成长艰难，总是以为自己很失败。其实许多成功的企业家、艺术家不一定有很高的学历；一位厨师也不一定就必定生活得不如科学家快乐。

人生的评价有两个维度：一个是客观的维度，一个是主观的维度。前者是社会对一个人的评价，后者是自己对自身的评价。

从客观维度上来看，有的人更成功，有的人比较失败。前者跟其他人相比，会在人生中拥有更多的社会资本、经济资本、文化资本，说白了就是会更有权，更有钱，更有名；而后者会拥有较少的社会资本、经济资本和文化资本，也就是会比较无权、无钱、无名。但是你要记住，一个人的成功与失败并不是仅仅由上学考试决定的，除了考上大学之外，人还有其他的成功途径，比如做一个成功的厨师就不需要上大学，上职业学校就可以了。

从主观维度上来看，有的人更快乐，有的人比较痛苦。成功与否与人生快乐的程度并不是绝对成正比的，换言之，并非越成功的人就越快乐，不成功的人生就只能是痛苦的。因为无论成功与否，人只有几十年的生命，再成功的人也得死，而一个人的一生是快乐还是痛苦的主要取决于他怎样来看待人生。

人生的境界有四类：一种是既成功又快乐；一种是既不成功又不快乐；一种是成功但是不快乐；一种是不成功但是快乐。我当然希望你的生活既成功又快乐，但是万一不成功，一事无成，我也希望你是快乐的。如果你的人生是成功的，那么就"人生得意须尽欢，莫使金樽空对月"；如果你的人生不成功，那么就"人生在世不称意，明朝散发弄扁舟"。

总而言之，人生苦短，在你这个岁数跟你说这个，你当然体会不到，因为还有漫长的一生在前面。但是你早晚会体会到这一点。希望你珍爱自己的生命，做一个优雅而可爱的人，拥有一个快乐的人生。

爱你的妈妈

○冯唐

二是这个世界进步的动力，我们二过了，是你们二的时候了。

大　男

冯唐

我唯一的外甥：

见信好。

几个月前，给你写了封信，谈欲望，谈作为最大欲望之一的女人，谈男人和女人应该如何相处。你妈说，写得还过得去，但是你现在还没上高中，还是个男孩儿，还在长身体、长心眼儿，在成为男人的过程中，几个月前的那封信，写得有些早，应该补写一封信，谈谈关于如何成为一个好男人。

我和你妈讨论，我不认为我有资格谈这个问题。一来，我运气太好，祖师爷赏饭，不容易效仿。你姥姥和你姥爷生我的时候，DNA配的手气超好，你姥姥骂街骂天、地、人、兽从来爽利，但是没有章法，你姥姥承认我从小骂得就有逻辑，有词有句也有篇章，她说她骂像丢沙子，我骂像串链子。你姥爷生来就不留恋现世，十三岁开始吃喝嫖赌抽，每天如同最后一天，但是没感受过颠倒梦想患得患失的苦，这些苦我都感受过，还是不留恋现世。二来，我心中一直有个大毛怪，杀了三十年没杀死，没准哪天蹦出来，没准变成一个完全不符合你妈好男人标准的怪物。没准，四十岁之前，我写的关于唐朝和尚的纯黄书发表，让我丢了工作，被和尚打残，我写的关于爱情的诗集发表，让我丢了老婆，于是破罐子破摔、酗酒、用药、妖言惑众、昼寝、鬼混、研究两三门非常冷僻的学问。其实啊，如果不是小时候暗中答应你姥姥，给她住上有很多厕所的房子，我可能早就把自己当破罐子摔了，想着都让人神往。你妈说，那你就集中写写你四十岁之前吧，教育教育你外甥。

好吧，下面挂一漏万，是我对成就世俗好男人的高度总结归纳。

作为一个好男人，在现实生活中，一生中要处理好七件事：Wealth（金钱），Women（女人），Wine（酒肉），Work（工作），Watch（珍玩），Workout（身体），Wisdom（智慧）。

钱是要有一点的，但是不要太多，能自给自足、经济独立就好。太多的话，活着的时候是负担，你周围会出现一些虚假的好人和真实的敌人。死的时候有很多钱，是件非常二×的事，无论上天堂还是下地狱，都是会被笑话的第一件事儿，进门的时候就被认定出身不好，下辈子一辈子难翻身。有多少钱合适？够用就好。意淫可以丰富，生活要简单。生活简单，够用的要求就不高，你就不用为钱而钱。

女人（或者男人，如果你喜欢男人多于女人）最好找和你的小宇宙以及生活习惯类似的。否则，你看个片、玩个网游、去阿姆斯特丹逛个咖啡馆，她就认为你是怪胎。否则，你嗜辣、她怕辣，你怕冷、她怕热，你喜宅、她喜逛，日子不好过。爱情和婚姻基本上是两件不相干的事儿，尽管非常容易搞混。但是二者之间有个重要联系，如果你和那个女人最初有爱情，哪怕之后爱情消失得一干二净，留下的遗迹也是婚姻稳固的最好基石。

酒肉要和朋友吃喝，独自酒肉非常悲催。朋友不在多，在久。"相见亦无事，别后常忆君"，如果你到了我这个年纪，有两三个男人能让你无由想念，两三个月一定要坐下来分饮两三瓶好酒，福德甚多。又，大酒必伤，两害择其轻，宁可伤胃，不要伤肝。大酒过后，去吐。

工作最好做你喜欢做的和擅长做的，哪怕你喜欢做的和擅长做的是码字、洗菜或者锄草。工作最好周围有一小群你喜欢的也喜欢你的人，现世里，工作往往占据你大部分有效时间，如果周围的人无趣，生命容易无趣。又，不能小看工作，工作能让你的生活更平衡，即使你女人和你朋友拐了你的金钱跑了，你如果还有工作，你不怕。

玩物不会丧志，但是要保持玩儿的心态，不要太当个事儿，每个大型拍卖会都非要去。玩儿的时候，花合理的价钱买自己真喜欢的好东西，别贪便宜，别跟着各种所谓大师和专家的意见走。

身体是老天白给你的，但是不是白给你糟践的。你用身体用得太狠了，身体会给你找麻烦。其实，要身体好也不难，起居有度，饮食有节，不着急，多喝水，性交愉悦，时常做做操，打打太极拳。

智慧比你长相重要，比你身体健美重要。智慧这件事儿，急，不得。独立思考，时常忘记标准答案，读读历史，多走些地方，多听你姥姥骂街、天、地、人、兽，有帮助。

做好男人或者绅士，扩展阅读推荐《绅士的准则》(*Mr. Jones' Rules*)，英国 *GQ* 主编编写的实用手册，如何要求加薪、刮胡子、倒时差等都有，非常形而下、具体、实用。还有英国十九世纪和二十世纪初期的长篇小说，特别是毛姆和史蒂文森的，珠玉文字，绅士情怀。

Boys，be ambitious（小伙子们，要有雄心壮志）！二是这个世界进步的动力，我们二过了，是你们二的时候了。

冯唐

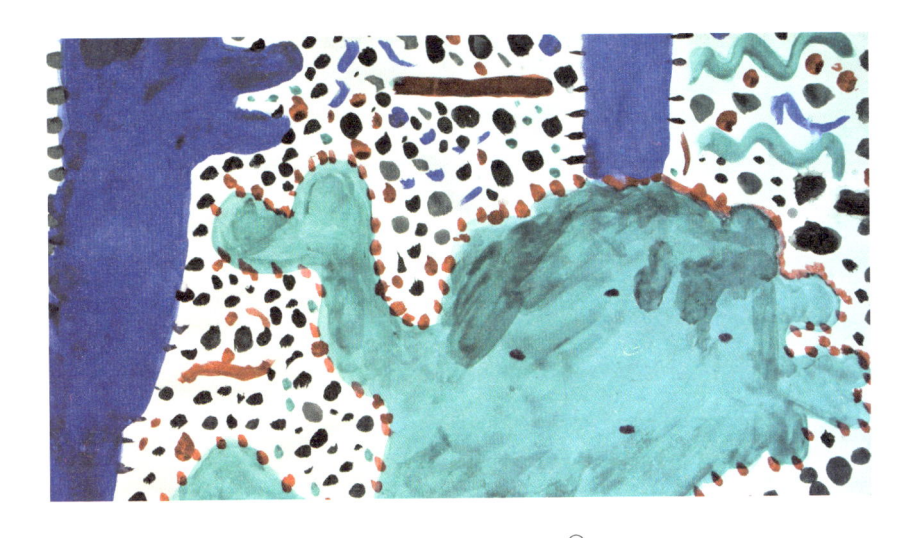

○ 蔡春猪

现在你一天比一天进步，我看在眼里，乐在心里。你势头很猛啊，小朋友，不得了啊。

写给儿子的一封信

蔡春猪

吾儿喜禾：

　　这封信本来打算你十八岁的时候给你写的。你在外地读大学，来信问我对你找女朋友一事的看法。我再次重申，大学四年是人生最美好、最宝贵的四年，应该用在有意义的事情上，要以恋爱为重。至于学习，如果还有时间，就去抄抄同学作业。

　　还有一点，你父亲必须提醒你的：不许在宿舍打麻将！

麻将洗牌的动静太大,易为校方所发现。别跟我说把你女朋友的连衣裙垫在桌子上了,没用的,就算把你女朋友垫在桌子上——我就不信你还有心思打。你父亲的态度很明确:弃麻将而择纸牌,是为上策。打纸牌动静小是其一,更主要的,就算校方发现,一副纸牌被没收了,你也不至于心疼。另:校方没收纸牌时你不可太老实,建议你抽出两张,让他们也玩不成。

……

这封信提前了十六年。提前十六年写的好处是:有十六年的时间来修改,更正,增补。坏处是:十六年里都得不到回信。

提前十六年写这封信,确实有难度——不知道收信人地址怎么写。因为你就住在我家里。虽然没有法律规定收信人跟寄信人的地址不能相同,但是邮递员会认为你父亲脑子有病。

吾儿,我都能想到你收到这封信的反应——你撕开信封,扯出信纸,然后再撕成一条一条的,放进嘴里咽下去。你这么做,我认为原因有三:一、信的内容让你生气了。二、你不识字。三、你是自闭症，撕纸就是你的一个特征。不知道你是哪一点，盼回复。

一年365天，每天都差不多，但是因为有人在那天出生，上大学，结婚，第二次结婚……那一天就区别于另外的364天，有了纪念意义。吾儿，你也一样，在你的生日之外，还有一天，无论对你父亲还是对整个家庭来说，都意义重大，你父亲的人生方向都来了一个一百八十度的大转弯——那天，你被诊断为自闭症，你才两岁零六天。

那天凌晨两点，我就和你母亲去医院排队挂号，农历新年刚过，还是冬末，你母亲穿了两件羽绒衣还瑟瑟发抖。

在寒风中站到六点，你母亲继续排队，我开车回家去接你。到家把你弄醒后，带上你的姥姥，我们又匆匆赶回医院。那天你真可爱，一路上咯咯笑个没停，一点都不像个有问题的孩子。你姥姥本来就不同意带你去医院检查，半路上就说不去了。但我还是要带你去。

你都两岁了，不会说话，没叫过爸爸妈妈，不跟小朋友玩，你也不玩玩具——知道你是想替父亲省下买玩具的钱，但有些玩具是别人送的，你玩玩没关系的；叫你名字，你从来都没反应，就像个聋子一样，但你耳朵又不聋；你对你的父母表现得一点感情都没有，很伤我们的心。你成天就喜欢进厨房，提壶盖拎杯盖的，看见洗衣机就像看见你的亲爹。你这个样子我怎么能放下心？

到了医院才知道，你母亲差点白排一晚上队了，中间进来几个加塞的眼看把你母亲挤掉。你母亲急了撂下一句狠话："如果我今天看不成病，你们谁也别想看成。"你母亲字正腔圆的东北话发挥威力了。有个老头脱下假发向你母亲致意。还有一个人则唱起了赞歌："这个女人不寻常。"

吾儿，在大厅候诊的时候我们很后悔，怎么带你来到这个地方来了：一个十来岁的女孩一直都很文静，却突然大声唱起《老鼠爱大米》；一个七八岁的男孩一直在揪自己的头发——揪不下来就说明不是假发，但还要揪；还有一个十来岁的男孩一直在候诊室晃荡，不时笑几声，笑得让人发毛……北大六院是个精神病医院，我们不该带你来这个地方的。

好在很快轮到我们了。你像是有所感觉，却开始哭起来，死活不肯进诊室。吾儿，医生其实没那么可怕，医生也抠鼻屎，刚才我闲逛时看到的。而且跟我们一样，医生抠鼻屎也是用小拇指而不是用镊子。可能的区别在于：医生抠鼻屎前会先用酒精给小拇指消毒。

给你检查的医生是个专家，我们凌晨两点就来排队就是想给你最好最权威的。专家确实是专家，跟我们说的第一句话就很不一样："等一会儿，我接个电话。"专家说电话也很有风格，干脆简短："……不卖！以后别给我打电话了，烦不烦？"

但是我希望专家跟我们说话还是别太简短了，最好婆婆妈妈多问几句，我们凌晨两点排队，不能几句话就给打发了。

专家问了你很多，但我们都代劳了。你太不喜欢说话了，以听得懂为标准：迄今为止你还没说过一句话。你不能跟小狗比，小狗见到我会摇尾巴，你有尾巴可摇吗？所以你要说话，见到父亲上班回来，你要扑上前去说："爸爸，你怎么提前回来了，有个叔叔在妈妈房间还没走。"

专家还拿了一张表，让我们在上面打钩打叉，表上列了很多问题，例如是不是不跟人对视、对呼唤没有反应、不玩玩具……符合上述特征就打钩。吾儿，每打一个钩都是在你父母心上扎一刀。你也太优秀了吧，怎么能得这么多钩？！

专家说，你是高功能低智能自闭症——吾儿，你终于得到了一把叉，还是一把大叉，叉在你名字上——你的人生被否决了；你父母的人生也被否决了。

专家说完，你母亲说了三个字："就是说……"就是说什么啊，就是说可以高高兴兴去吃早餐了？就是说将来不用为重点小学发愁了？就是说希望在人间？还是就是说：医生，吓人是不符合医德的哦。

吾儿，你母亲当时只说出了"就是说"三个字，之后就开始哭了。专家拿出了她的人道主义精神，她说："也不是完全没有希望。"

人道主义是催泪弹。你母亲泪如泉涌——哇塞，也太多了吧，我看她以后三年都没泪可流了。

我问专家："自闭症是什么原因造成的？"专家说了很多很多，什么神经元，什么脑细胞……我不想知道这些医学术语。我对专家说："您就简单说吧。"专家去繁就简，一言二字："未知。"那怎么医治呢？专家曰："无方！"不知道病因，又没有方法治疗，这他妈的什么医院？你的父亲当时英文都逼了出来："Fuck me！"

正如专家所说，也不是完全没希望。有几家康复机构可以选择。专家开始化身指路神仙了，机构分别叫什么、在哪儿、怎么去。你知道的还不少啊，专家。

入机构就能康复吗？你父亲又问专家。专家说，目前世界上还没有一个完全康复的案例。

吾儿，你知道绝望有几种写法吗？你知道绝望有多少笔画吗？吾儿，你还不识字，将来你识字了，我希望你不需要知道这两个字几种写法、多少笔画，你的人生里永远不需要用这两个字来表述。

专家说你这是先天的，病因未知。就是说，你姥姥姥爷把你带大，免责；你父亲母亲把你生出来，免责！我们都没有错，有错的是你？！

是你父亲母亲的错，吾儿，父亲母亲把你生下来，让你遭受这种不幸。

吾儿，知道那天你父亲是怎么从医院回的家吗？——对，开车。你说对了。

你父亲失态了，一边开车一边哭，三十多年树立的形象，不容易啊，那一天全给毁了。你父亲一边开车一边重复这几句话："老天爷你为什么这么对我？我做错什么了？"

你的姥姥双唇紧闭，一言不发，把你抱得紧紧的，就像在防着我把你扔出窗外。

你的母亲没哭，她没哭不是因为比你父亲坚强——车内空间太小，只能容一个人哭。你父亲哭声刚停，你母亲就续上了，续得那么流畅自然。这就是江湖上失传已久的无缝续哭？

吾儿，到家后你父亲没有上楼，你母亲你姥姥抱你上的楼，你父亲还有几个电话要打。第一个电话打给你哈尔滨的姥爷。你出生后不久，你不负责任的父母把你扔在哈尔滨，自己在北京享乐。这两年都是姥姥姥爷带的你。你父亲要打电话跟你姥爷解释：你现在这样不是他们带得不好，你在他们手上得到了最精心的照顾、呵护，我要深深感谢他们。

第二个电话打给你湖南的爷爷奶奶。这事跟他们不太好说。后来发现不用怎么说，只要说个开头就可以了："你孙子将来可能是个傻子……"电话那头就开始哭了。Ok！电话别挂，放一边，吃完晚饭回来，再拿起电话，还在哭。电话还是别挂，放一边，吃消夜去。

后面几个电话是打给你的大伯、二伯，还有你的姑姑。他们的表现……你姑姑这个娘们儿跟她妈一样，两个伯父表现不错，至少没哭。

父亲的朋友圈里，你父亲第一个电话打给了你胡吗个叔叔，他是你父亲的死党。胡叔叔还没生小孩呢，吓吓他，吓他以后不敢生小孩，收你为义子，他的房子、车子将来就都是你的了。

你父亲还想打电话，却发现没人可打，电话里存了二百多个号码，跟谁说，怎么说——嘿，兄弟，我儿子是自闭症……嘿，姐们儿，你听说过自闭症吗？

那天你父亲哭得就像个娘们儿，花园的草看到了，你父亲可以拔掉；树也看到了，你父亲没办法，它们受《植树法》保护。杀人的心都有，却奈何不了一棵树。力拔山兮气盖世，时不利兮树不逝。

吾儿，一个人不吃饭光喝水七天不会死你知道吗？这点应该不需要你父亲验证，所以第二天你父亲就进食了。

吾儿，自打从医院回来，你父亲发现家里面可以坐的地方多了。台阶上，坐；门槛上，坐；玩具车上……到哪儿都是屁股一坐。

吾儿，你父亲做错过很多事，但最正确的就是跟你母亲结婚，你父亲未必伟大、光荣、正确，但你母亲确实勤劳、善良、勇敢。你母亲为了照顾你，果断地把工作辞了。

吾儿，你父亲只是三日沉沦，沉沦三日，他马上振作了。振作的标志就是：肆无忌惮地开玩笑了。

吾儿，你父亲每天在微博上拿你开玩笑，不是讨厌你，是太爱你了。你举手投足都是可爱，你父亲胡言乱语也都是爱。希望你明白。

吾儿，你收到这封信后，我知道你会把他吃掉。你爱吃饼干，但我找遍了全世界，也没找到饼干做的纸。Sorry。所以你就别在意口感了，至少比烟头、泥土好吃吧，你又不是没吃过。

信里面絮絮叨叨说了很多医院的事，那些事情忘不了，索性写出来，你吃掉，以后也就没有了。

那些都是你的过去，不是你的现在，更不是你的将来。现在你一天比一天进步，我看在眼里，乐在心里。你势头很猛啊，小朋友，不得了啊，照此发展，你八十岁的时候就可以说，其实我也是个普通人嘛。有的人八十岁还未必能达到，一个曾经的高官、现在的阶下囚说："我就想做一个普通人。"呸！不经过努力没有奋斗能成为普通人吗？

你父母也是普通人，一生下来就是，到死还是，一点变化都没有，无趣。所以虽然你最后还是沦为普通人，但你的一生比你父母有趣多了。不许骄傲。

我对你有曾经很多期待和愿望，这些期待和愿望有的冠冕堂皇上得台面，比方你成为诺贝尔奖文学奖获得者；比方你当上省委书记；比方成为考古工作者；比方成为哪位部长的换帖兄弟，承包点工程……这些其实都是浮云，算不得什么，父母对你最大的期待和愿望：你是一个快乐的人。这个愿望说大就大，说小则小，但希望你能帮父母亲完成，我们也会尽力协助，但主要还是靠你自己。

上不了台面的愿望和期待，父亲其实更期待你实现：搞大一个女孩的肚子。前提是：别强来，注意方式。

你父亲年轻时，情书写得才华横溢，以为会收获爱，结果只得到两个巴掌，颇意外。——你父亲后来总结出的经验可以作为家训，世代流传下去：写给 A 的情书，务必装到 A 收的信封里，而不能是 B 收的那个信封。子孙后代切记！

但父亲这次给你写信，真情实感，句句发自肺腑，尤其没有装错信封。希望能得到你的爱。

还有，回信的时候，虽然收信地址还是我们家，收信人就是我，但我还是希望你跑一趟邮局。邮局有个女孩长得不错，追到手我给你腾房。Ok？

○庆山

有什么可着急的呢？孩子总是要按照她自己内在的节奏慢慢生长起来的。对他们来说，没有什么是比保护天性和保持愉悦和活力更重要的事情。

我们彼此的人生是独立的

庆山

夏日黄昏，走进公寓的花园，看到绿树林荫之中，一个五六岁的女孩子牵着一串长长的纸鸢，在青石路上蹦蹦跳跳地跑着。黑而柔软的长发，齐眉刘海儿，矫健的小身体充满活力。站在一旁，静静地看着女孩和她的嬉戏。即便是邻家的孩子，自己脸上也会情不自禁地浮出欣喜的微笑。所谓的同理心是，如果你爱自己的孩子，你也应该会爱一切的孩子。

我想我并不是一个世俗意义上无微不至的母亲。自她出生，我很少对人谈论她，我从不加入所谓妈妈们的组织和聚会，我也并不整日与她缠绕在一起。在关心她必要的衣食住行之外，我们之间的关系有一种独立和互相尊重的意味。也就是说，我注重与她之间保持略微的距离感。这种距离感是，给予对方美好的重视的感受，但不侵扰和控制对方的情绪和意志。

女人即便身为母亲，最重要的核心，依然是需要有自己的生活。母亲不仅仅是给女儿做日常生活的琐事，更不能卸去自我的力量只围绕着孩子打转。我们彼此的人生是独立的。她要成长，我要成长，应是如此。

当她满了两岁，家里有一个与她能够相处和谐愉快的保姆，我开始恢复工作。有时我在书房独处很长时间，阅读、做笔记、整理资料、写稿子。间或有或长或短的旅行，几乎隔段时间就出发。那几年，因着种种机缘，去了英国、德国、日本、美国、印度、瑞士、意大利、希腊……时常与她分离。

但每到一个国家，我会特意在博物馆或集市或商店里搜集漂亮的当地明信片，带回来之后贴满一面墙壁。有时她午睡后，我抱着还幼小的她，让她逐幅观赏异彩纷呈的明信片，告诉她，这是佛罗伦萨的古城，纽约的帝国大厦，京都的寺庙，威尼斯的桥……世界很大，世界很美好，等你长大，这一切都在等待你去探索。

在那几年，我陆续写完长篇小说《春宴》、散文集《眠空》和采访《古书之美》。我没有懈怠，愿意让她见到一个始终在笃实地工作着的母亲，一个在学习和成长的母亲，一个在旅行和探索着的母亲，一个关注个体和世间的秘密并用写作做出表达的母亲。这样等她长大，她会知道对一个人的生命来说，真正重要的事情是什么。

三岁，她进了幼儿园。这家幼儿园注重孩子的品德教育和艺术发展能力，因此，她经常带回来手工制作的作品和画作。我标上具体年月日替她一一保存起来。家里有一个大樟木箱子，保存着她小时候穿过的花边小衬衣，一些出版人和外国编辑送给她的礼物，我给她缝制的玩具，家里老人给她做的绣花布鞋和织的小毛衣，她制作给我的生日卡片……都是宝贵的纪念。

我经常给她拍照，觉得儿童的面容和眼神真是美丽至极，如此清澈芬芳。有些照片洗出来用相框框好，挂在她的房间里。一张是春天的时候在江南，她在花枝丛中，用手捧住一朵硕大饱满的玉兰花，微微出了神。一张是她在湖北寺庙，庙里的师父们教她写字，教她用菜叶喂兔子。她穿着小白衬衣，梳童花头，笑容愉快。让她知道她自己是美丽的，并且感知到这种美丽，对一个女孩子来说尤其重要。

五岁多的时候，一直陪伴和照顾她的保姆，因为家里有事回了老家。我开始为她做细微琐碎的家事。每日早起，给她做早餐。有时是用黄豆、松仁、葵花籽、红枣一起打豆浆，有时用鲜玉米榨汁，配上全麦面包和橄榄油。有时煮红薯粥。我并不精于烹饪，但她喜欢我做的苹果派、土豆泥和鸡蛋羹，时常提出要求想再次品尝。

我一直很注意为她买各种优秀的绘本作品，让她在故事和绘画中获得知识。那次找到一本关于做苹果派的绘本，关于一个女孩子如何在全世界搜集到做苹果派的材料。面粉、牛奶、鸡蛋、肉桂、黄油、苹果……我们在睡前一起朗读这本书，她因此获知以前未曾了解到的地理和食物的知识。她产生了极大兴趣，说，妈妈，我们明天一起来做苹果派。我说，当然可以。

于是，那一天她放学回来，系上小围裙，站在小板凳上，一本正经地开始在玻璃碗里搅拌鸡蛋，揉搓面团。我在她一心一意干活时，悄悄拍下照片。如果等她长大，看到自己在厨房里学习的样子，会觉得欣喜。

白日她在幼儿园上课，我处理家务和自己的工作。下午她回到家里，我给她打一杯鲜榨果汁，拌入一些酸奶。她端着杯子走进自己的小书房，继续画画和做手工。孩子的心智目前还像张白纸，染上什么色彩尤其重要。不能被庸俗繁杂的电视娱乐新闻所侵扰，也不能沉浸在iPad游戏的电光声影之中。所以，让她接触到的事物需要有所过滤，有所选择。

我从不对她寄托过多期望，也不试图用力灌输给她什么。有时听到一些母亲骄傲地宣称自己的孩子会背下多少首古诗，背下《三字经》《弟子规》，甚至背下《老子》《庄子》。我从不试图要让她去学会什么。我只希望她自在地喜悦地玩耍，对这个世界充满好奇，用她自己的方式去探索，去前行，如此而已。

她上过芭蕾课，上完第一阶段，有时在回家的路上经常疲累，在车上入睡，我问询她的意见，她说课太多，想休息。此间她还在上课外的英语课和美术课。于是我尊重她的选择，没有上第二阶段。她有时回家，自己看绘本、画画、做手工，就忘记做数学和拼音的作业，我也并不催促。因为终有一天她会正式学习这些。

有什么可着急的呢？孩子总是要按照她自己内在的节奏

慢慢生长起来的。对他们来说，没有什么是比保护天性和保持愉悦和活力更重要的事情。我现在唯一所想的，就是让她时时觉得欣喜，按照自己的想象力和天性去成长。她的快乐和自尊是重要的。至于其他，终有一天她会知道。而且，她现在知道的事情，已经超过一些标准化答案太多太多。

那是我们最开心的时间。两个人在清朗凉爽的暮色中走走看看，有时就走得远。她在广场玩喷泉，我在旁边耐心等待她。回家之前，她则陪我一起去超市，买好吃的裸麦核桃面包、酸奶和水果。

一次，她表达出想挑选一块香皂的心愿。我说，没问题。她在香皂架子前面逐一嗅闻那些包装漂亮的香皂，仔细观赏包装盒上的色彩和图案，最后选定一块白色铃兰香味的香皂。她说，她喜欢这个香气。我说，好，回去之后就用它洗你的小手，这样你的手会散发出铃兰花的香气。她听后显出开心的笑容，并积极地帮我推购物小车。

夜色途中，我们穿过一个小花园。她在草地上撒欢，一下子跑得很快，很远。小小的身影穿梭过樱花树林、薄荷草丛，穿梭过淡淡的皎洁的月光。我看着她的样子，觉得心里跟微微痴了一样，如同看到一朵露水中的花、一颗皇冠上的珍珠。有什么区别呢？这世间美丽的纯真的存在，总是会让我们感动，会让我们敬重。

曾经是在哪一本书里见到过这样一段话，说，如果家庭中有五六岁大的女孩，那么她们都是神派下来的天使。她们带来的快乐实在太多。现在看来，此话一点也不夸张。

她们是这样的温柔、愉快、健壮、踊跃。有时她们是需要被照顾和带领的幼童，有时她们是带给大人启发和感知的镜子。一个小女孩带来的微风和香气，是与浑浊僵硬的成人世界完全不同的。我因此对她总是有一种感激之心。

每天晚上她睡觉之前，我们会举行小小的祈祷仪式。我把手轻轻放在她的额头上，低声在熄了灯的房间里，为她祈祷。我说，你会健康、快乐、美丽、安宁，你会是一个懂礼貌爱学习的孩子，你会成为一个对大家有帮助的人。在梦里，你看到一个蓝蓝的大湖，湖上有睡莲，有云朵的影子，旁边有起伏的山峦。天使和仙女会来问候你，你就会甜甜地入睡直到天亮。于是，她在我的声音中闭上眼睛静静地睡着了。

○古典

所以，弯弯，重要的不是小心翼翼地活着，谁也不伤害，谁也不得罪，让谁都喜欢你，这不可能。关键是创造你自己的生命——让自己活出意义来。

三个真相

古典

弯弯：

在你出生的第六十八天，我亲爱的外婆、你的太姥姥去世。我取消回北京的机票，飞到深圳送你的奶奶离开。看到在外婆身边哭得那么伤心的妈妈，我一次次地告诉她，外婆并没有真的离开：她的样貌留在了你我身上，她给长工送糖的故事让我们学会善良，她的辛劳让家里兴旺，她的生命变成了我们的，我们的也会变成你的，而她用完了自己的生命，就离开了。

这其实才是生命的真相。生命是一场破坏性的创造。

我在产房看着你出生，你的出生带来妈妈巨大的痛苦。你每天吃的奶水，是妈妈身体的消耗。当你慢慢长大，妈妈的身材样貌也都逐渐改变，活力从她的身上走到你的身上。你六个月以后开始吃米汤，广义地说，需要毁掉一些植物的生命。你日后喜欢吃的牛肉、香肠，也需要毁掉一些动物的生命。为了延续你的生命，你必须结束它们的生命，它们的生命变成了你的。虽然听起来残酷，但是这却是生命的常识。这常识在你进入社会之后会被很多东西掩饰过去，青菜、肉类都会被小心翼翼地包装在超市的食品袋里面，胜者和负者的故事被分开来讲，以至于你永远看不到——当你在创造的时候，你也一定在破坏。

所以，弯弯，重要的不是小心翼翼地活着，谁也不伤害，谁也不得罪，让谁都喜欢你，这不可能。关键是创造你自己的生命——让自己活出意义来，活出特色来，活得让自己对得起因为你而失去生命的牛牛、羊羊、猪猪们，对得起人们为你注入的生命力，好的生命不是完美，也不是安全，而是值得。

我要讲的第二件事是关于世界的。弯弯，这个世界并不公平。不知道你长大以后，幼儿园的阿姨会怎么教你。但是在你出生的时候，有个月嫂阿姨在我们家工作，她每天只睡几个小时，三十多次被你的哭闹唤过去，却充满爱意地呼应你，拍着你。她真心喜欢你，绝不是为了钱。相比她的辛苦，她的收入并不高，她做着一份爸爸妈妈不羡慕的工作，但是也有很多人羡慕她。

你的阿姨并不比我们笨，也和你的爸爸妈妈一样努力，但是她的生活并没有我们好，这并不公平。她在你出生的头一个月陪在你身边的时间比我和妈妈还要多。但是等你长大，你会忘记她，而记得爸爸妈妈。这也不算公平。即使这样，还有其他很多的阿姨羡慕你的月嫂阿姨，因为她们也许更加累，却没有一样的收获，这更算不公平。

亲爱的弯弯，这个世界并不公平。努力能在一定程度上改变命运，但是不一定能完完全全地推翻。

所以，记得，与别人相比是没有意义的。那虽然是所有人的第一反应，但是那是一种永无宁日、绝无胜算的自我折磨。如果你有能力，记得要和自己比，让自己过得好一些。理解自己的心有多大。给人生做加法带来快乐，做减法带来安心，加加减减到让自己舒服。世界虽然没有给每个人提供完美生活，却给每个人足够的资源拿到他们应得的东西。

如果你能活得更好一些，那么去帮帮那些过得比你差的人——尤其是那些活得不够好还很努力的人，你和他们，最有能力改变这个世界。要对世界有信心，它正在变好。怎么找到这个机会？好好观察你身边的人，包括你自己。你的麻烦背后就是你的天命。

我要讲的第三件事是关于你与世界的关系。你要过得认真一些。从你出生到离开的这段时间，只有三万多天，而等到你能认这封信时，你已经花掉两千多天了。还有最后那么四千多天，你会老得精力无几。所以，记得要认真生活。

那么，认真和努力一定能成功吗？我要给你讲一个努力银行的童话：

有个叫上帝的人，他开了一家努力银行。

每个人都有一个冠以自己名字的努力账户。每个人每天都在往里面存入自己的努力。有的人存得多，有的人存得少。有的人第二天就取，有的人则很多年以后一次性取出来。

上帝在干什么呢？

上帝要保证每个人账目公平，不能有错账。上帝还要标注那些存努力存得最多的金卡客户，给他们分配更多的回报。上帝很忙很忙。

但如果总是这样，总是那么几个最努力的人有最多的回报，这工作也太不好玩啦。

所以每隔十年，上帝就调出所有的金卡客户，抽一次奖，然后随机把一个巨大的成功分给中奖的那个幸运家伙。

所以，宝宝，只要努力，就会有合理的回报。而那些巨大的成功，往往来自于幸运——但是请先确定，你努力拿到了金卡。

亲爱的弯弯，欢迎来到这个世界。

记得要活得精彩，活得认真，跟自己比。

愿你过上我从未看见与理解的生活。

古典

○梁继璋

你可以要求自己对人好,但不能期待人家对你好。你怎样对人,并不代表人家就会怎样对你,如果看不透这一点,你只会徒添不必要的烦恼。

给儿子

梁继璋

我儿:

　　写这备忘录给你,基于三个原则:

　　(一)人生福祸无常,谁也不知可以活多久,有些事情还是早一点说好。

　　(二)我是你的父亲,我不跟你说,没有人会跟你说。

　　(三)这备忘录里记载的,都是我经过惨痛失败得回来的体验，可以使你的成长少走不少冤枉路。

以下，便是你在人生中要好好记住的事：

（一）对你不好的人，你不要太介怀，在你一生中，没有人有义务要对你好，除了我和你妈妈。至于那些对你好的人，你除了要珍惜、感恩外，也请多防备一点，因为，每个人做每件事，总有一个原因，他对你好，未必真的是因为喜欢你，请你必须搞清楚，而不必太快将对方看作真朋友。

（二）没有人是不可代替的，没有东西是必须拥有的。看透了这一点，将来你身边的人不再要你，或许失去了世间上最爱的一切时，也应该明白，这并不是什么大不了的事。

（三）生命是短暂的，今日你还在浪费着生命，明日会发觉生命已远离你了。因此，越早珍惜生命，你享受有利于生命的日子也越多，与其盼望长寿，倒不如早点享受。

（四）世界上并没有最爱这回事，爱情只是一种霎时的感觉，而这感觉绝对会随时日、心境而改变。如果你的所谓最爱离开你，请耐心地等候一下，让时日慢慢冲洗，让心灵慢慢沉淀，你的苦就会慢慢淡化。不要过分憧憬爱情的美，不要过分夸大失恋的悲。

（五）虽然很多有成就的人士都没有受过很多教育，但并不等于不用功读书就一定可以成功。你学到的知识，就是你拥有的武器。人，可以白手兴家，但不可以手无寸铁，谨记！

（六）我不会要求你供养我下半辈子，同样地我也不会供养你的下半辈子。当你长大到可以独立的时候，我的责任已经完结。以后，你要坐巴士还是Benz（奔驰），吃鱼翅还是粉丝，都要自己负责。

（七）你可以要求自己守信，但不能要求别人守信，你可以要求自己对人好，但不能期待人家对你好。你怎样对人，并不代表人家就会怎样对你，如果看不透这一点，你只会徒添不必要的烦恼。

（八）我买了二十多年六合彩，还是一穷二白，连三等奖也没有中过，这证明人要发达，还是要努力工作才可以，世界上并没有免费午餐。

（九）亲人只有一次的缘分，无论这辈子我和你会相处多久，也请好好珍惜共聚的时光，下辈子，无论爱与不爱，都不会再见。

你的爸爸梁继璋

○刘慈欣

我不想让你生活在一艘永远航行中的飞船上，但我相信这样的使命对你会有吸引力的，因为你是我的女儿。

关于两百年后的世界

刘慈欣

亲爱的女儿：

你好！这是一封你可能永远收不到的信，我将把这封信保存到银行的保险箱中，在服务合同里，我委托他们在我去世后的第二百年把信给你。不过我还是相信，你收到信的可能性更大一些。

现在你打开了信，是吗？这时纸一定是比较罕见的东西了，这时用笔写的字一定消失已久，当你看着这张信纸上的字时，爸爸早已消逝在时间的漫漫长夜中，有二百多年了。我不知道人的记忆在两个多世纪的岁月中将如何变化，经过这么长的时间，我甚至不敢奢望你还记得我的样子。

但如果你在看这封信，我至少有一个预言实现了：在你们这一代，人类征服了死亡。在我写这封信的时候已经有人指出：第一个永生的人其实已经出生了，当时我是相信这话的少数人之一。

我不知道你们是怎么做到的，也许你们修改了人类的基因，关掉了其中的衰老和死亡的开关，或者你们的记忆可以数字化后上传或下载，躯体只是意识的承载体之一，衰老后可以换一个……我还可以想出其他很多种可能，但有一点可以肯定：不管你们的生命已经飞跃到什么样的形态，你还是你，甚至，在你所拥有的漫长未来面前，你此时仍然感觉自己是个孩子。

你收到这封信，还说明了一个重要的事实：银行对这封信的保管业务一直在正常运行，说明这两个多世纪中社会的发展没有重大的断裂，这是最令人欣慰的一件事，如果真是这样，那我的其他的预言大概也都成了现实。在你出生不久，在我新出版的一本科幻小说的扉页上，我写下了："送给我的女儿,她将生活在一个好玩儿的世界。"我相信你那时的世界一定很好玩儿。

你是在哪儿看我的信?在家里吗?我很想知道窗外是什么样子。对了,应该不需要从窗子向外看,在这个超信息时代,一切物体都能变成显示屏,包括你家的四壁,你可以随时让四壁消失,置身于任何景致中……你可能已经觉得我可笑了,就像一个清朝的人试图描述二十一世纪一样可笑。但你要知道,世界是在加速发展的,二十一世纪以后,二百多年的技术进步相当于以前的两千多年,甚至更长的时间,所以我不是像清朝人,而是像春秋战国的人想象二十一世纪那样想象你的时代,在这种情况下,想象力与现实相比将显得极度贫乏。但作为一个写科幻小说的人,我想再努力一下,也许能使自己的想象与你所处的神话般的现实沾一点边。

好吧,你也许根本没在看信,信拿在别人手里,那人在远方,是他(她)在看我的信,但你在感觉上同自己在看一样,你能够触摸到信纸的质地,也能嗅到那两个多世纪后残存的已经淡到似有似无的墨香……因为在你的时代,互联网上联结的已经不是电脑,而是人脑了。信息时代发展到极致,必然实现人脑的直接联网。

你的孩子不用像你现在这样辛苦地写作业了,传统意义上的教育已经不存在,每个人都可以在联入网络的瞬间轻易拥有知识和经验。但与人脑互联网带来的新世界相比,这可能只是一件微不足道的事,那将是怎样一个世界,我真的无法想象了,还是回到我比较容易把握的话题上来吧。

说到孩子,你是和自己的孩子一起看这封信吗?在那个长生的世界里,还会有孩子吗?我想会有的,那时,人类的生存空间应该已经不是问题,太阳系中有极其丰富的资源,如果地球最终可以养活一千亿人,这些资源则可以维持十万个地球,你们一定早已在地球之外建立新世界了。

你家的周围应该很空旷,远处稀疏的建筑点缀在绿色的大自然中。城市化可能只是一个历史阶段,信息网络的发展最终将使城市变得越来越分散,最终消失,人们将再次与大自然融为一体,但网络上的虚拟城市将更加庞大和密集,如果你愿意,随时都可以置身于时尚的中心。

那时的天空是什么样子?天空是人类所面对的最恒久不变的景致,但我相信那时你们的天空已经有了变化,空中除了日月星辰,还能看到一些别的东西,地球应该多出了一条稀疏的星环,地球上所有的能源和重工业都已经迁移到太空中,那些飘浮的工厂和企业构成了星环。从地面上看,那些组成星环的东西有些能看出形状，像垂在天空上的精致的项链坠，那是太空城，我甚至能想出它们的名字：新北京、新上海和新纽约什么的。

也许你现在已经不在地球上了，你就在一座太空城中，或者在更远的地方。我想象你在一座火星上的城市中，那城市处于一个巨大的透明防护罩里，城外是一望无际的红色沙漠。你看着防护罩外的夜空，看着夜空一颗蓝色的星星，你是从那里来的，二百多年前我们一家也在那里生活过。

你的职业是什么？你所在时代应该只有少数人还在工作，而他们工作的目的已经与谋生无关。但我也知道，那时仍然存在着许多需要人去做的工作，有些甚至十分艰险。比如火星，其环境不可能在两个多世纪中地球化，在火星的荒漠中开拓和建设肯定是艰巨的任务。同时，在水星灼热的矿区，在金星的硫酸雨中，在危险的小行星带，在木卫二冰冻的海洋上，甚至在太阳系的外围，在海王星轨道之外寒冷寂静的太空中，都有无数人在工作着。你当然有权选择自己的生活，但如果你是他们中的一员，我为你而骄傲。

在你们的时代，我相信有一个一直在想象中存在的最伟大的工作或使命已经成为现实，它的艰巨和危险，它所需要的献身精神，在人类历史上是史无前例的，那就是恒星际的宇宙航行。

我相信在你看到这封信的时候，第一艘飞向其他太阳的飞船已经在途中，还有更多的飞船即将启航，对于飞船上的探索者来说，这都是单程航行，虽然他们都有很长的寿命，但航程更加漫长，可能以千年甚至万年来计算。我不想让你生活在一艘永远航行中的飞船上，但我相信这样的使命对你会有吸引力的，因为你是我的女儿。

你在那时过得快乐吗？我知道，每个时代都有自己的烦恼，我无法想象你们时代的烦恼是什么，却能够知道你们不会再为什么而烦恼。首先，你不用再为生计奔忙和操劳，在那时贫穷已经是一个古老而陌生的字眼；你们已经掌握了生命的奥秘，不会再被疾病所困扰；你们的世界也不会再有战争和不公正……但我相信烦恼依然存在，甚至存在巨大的危险和危机，我想象不出是什么，就像春秋战国的人想象不出地球温室效应一样。这里，我只想提一下我最担心的事情。

你们遇到 TA 们了吗？

你知道我指的是什么，人类与 TA 们的相遇可能在十万年后都不会发生，也可能就发生在明天，这是人类所面临的最不确定的因素。我写过一部关于人类与TA们的科幻小说，那部书一定早已被遗忘，但我相信你还记得，所以你一定能理解，关于未来，这是我最想知道的一件事。你们已经与TA们相遇了吗？虽然我早已听不到你的回答，但还是请你告诉我一声吧，只回答是或不是就行。

亲爱的女儿，现在夜已经深了，你在自己的房间里熟睡，这年你十三岁。听着窗外初夏的雨声，我又想起了你出生的那一刻，你一生出来就睁开了眼睛，那双清澈的小眼睛好奇地打量着这个世界，让我的心都融化了，那是二十一世纪第一年的五月三十一日，儿童节的前夜。现在，爸爸在时间之河的另一端，在二百多年前的这个雨夜，祝你像孩子一样永远快乐！

爸爸

〇林清玄

认识到世界的广大,才能认识到自己的渺小,才能弱化自己的痛苦,才能包容世界。

让你的孩子努力考7-17名

林清玄

我小时候读书差，考试都考红字，就是考不到60分。有一年考试，我好不容易考了一个超过60分，很高兴，拿回家给我爸爸看，我爸爸正吃饭，他放下碗哈哈大笑。哥哥姐姐很奇怪，考这么烂还笑，爸爸说："这么多年来我一直在找一个接班人，现在终于找到了。"我一听，坏了，爸爸是农夫，向上三代都是农夫，我不要做农夫的，所以后来就用功努力读书。

我发现大陆家长很在意成绩，都想让孩子考第一名，其实，现在世界精英都不是当年的尖子生，他们在班级的排名是第七名到第十七名。原因就是这些孩子人际关系更好，可以和第一名做朋友，也可以和最后一名做朋友，而且孩子压力小，生活更轻松，是创意最好的。说到这里，我真感动啊，终于找到自己成功的原因了，小时候我们那班只有十七个人。

如果你的孩子是第一名，那就让他别那么努力，轻松点进七到十七名里，那才能成功嘛。如果你的孩子是后几名，那就让他努力进到前十七名里面。

我的老师对我说："我用我的生命和你保证，你将来一定会成功。"

我上高中时，有位老师邀我去家里吃晚餐，我很开心。吃的是饺子，等到饺子端到桌上，我眼泪都掉下来了。老师说的话更让我感动，他说："我教书五十年，我用我的生命和你保证，你将来一定会成功。"哇，我更感动了，眼泪掉在饺子上了。从来没人了解我，用生命和我保证，过了两个星期，我的希望破灭了，因为全班每个同学都去过他家里吃饺子。他对每个同学都用生命保证过。所以说考试没有考过第一名，也有人用生命保证你会成功。

大学我考了三年，比我差半分的是世界500强企业的老板。

考大学了，第一年没考上，第二年也没考上，第三年终于考上了，大学录取分数是361，我考361.5，回到家我用红纸写上"恭祝林清玄金榜题名"贴在大门上。

上了大学，我琢磨起谁是考361分的幸运儿。一番调查后，我发现是张毅，他是"琉璃工房"公司的老板，世界500强企业。所以说，可能小孩成绩不是很杰出，不是那么好，但是不要放弃，因为世界上每个孩子都是不一样的，就像种植物一样，山坡地种竹笋、香蕉，沙地种西瓜和哈密瓜，烂泥巴里种芋头，不同植物适合不同土地，不是只有一个样子的。这个世界的悲哀就是把所有不一样集合在一个校园里，希望教育成一样的样子，这是个大问题。

唤醒内心的种子，就是好孩子。

根据孩子的特点来教育孩子，就是唤醒孩子内心的种子。好孩子是已唤醒内心种子的孩子，他们认识到了自我，坏孩子还没有唤醒内心种子，没认识到自我，还浑浑噩噩地活着。

我算是唤醒了内心种子的人，从小学三年级就立志做作家，小学开始每天写500字，中学写1000字，高中写2000字，大学写3000字，我一直坚持下来，现在已经出了131本书。我都出这么多书了，你们还不鼓掌啊？！

生命中有很多重要的东西，除了学习，孩子更应该掌握这几方面的能力：

面对挫折的能力：锻炼这个能力，除了读书，还有劳动。

爱的能力：我学生做过个实验，回家抱自己爱的人，100斤都抱得起来还转一圈，抱100斤石头肯定不行。用饱满的爱面对亲人、朋友，才能更好面对人生。

认识生命的多元价值：台南有个高一学生，父亲是种凤梨的农民，还要鉴定凤梨的甜分，每个凤梨敲三下，几年下来，父亲敲凤梨的手指肿得很粗大。学生很心疼父亲，就发明了一个可以敲三下鉴定凤梨甜度的机器，这个机器最后得到了英国发明奖的金奖。孩子不一定要成绩好，要看他对生命的理解。

世界观：现在很多孩子去国外念书，家长说是为了培养孩子世界观，好想法。认识到世界的广大，才能认识到自己的渺小，才能弱化自己的痛苦，才能包容世界。

表达自己的情感和思想：孩子学习了解自己，之后还要学会表达，特别是内向封闭的孩子。有个男孩喜欢一个女生，想约她，结果靠近女生就紧张，脸通红地吓跑了。这时候，我教你们"林清玄五字大明咒"：大家都是人。那个不敢追女生的男孩可以默念"我们都是人"，看见位高权重的人不敢说话也念"我们都是人"。这样克服内心紧张，我们才不惧于表达自己。

有感情后要提炼观点：好文章一定会有好观点。我给我的孩子讲睡前故事，不讲白雪公主，太老套，我自己写了365个故事。比如有个国王，他有个独生子，有一天国王叫王子搬个椅子到阳台赏月，王子说自己身份显贵怎么能搬椅子，椅子是下人搬的。后来国家战败，王子成了庶民，流落街头，被一个做椅子生意的人收留，每天的生活就是搬椅子。先有观点，再讲故事，肯定是好故事。有感情也要不失浪漫情怀，浪漫就是浪费时间慢慢吃饭，浪费时间慢慢喝茶，浪费时间慢慢走，浪费时间慢慢变老。

不和孩子细致生活，那会不再认识孩子。

我想到一件事，是成龙的故事。有一天，他出差回来想去接儿子，结果学生都走完了，孩子还没接到，就去问老师，结果老师说"你儿子两年前就毕业了"。孩子长得太快，如果不细致爱孩子，不和孩子细致生活，那会不再认识孩子，不再看得到孩子的心。

我和我的孩子相处很好，每天孩子出门，我站在门口拍拍他们肩膀，说"爸爸爱你们，要加油"，每天孩子回家，我还是抱抱他们，说"爸爸爱你们，今天辛苦了"。我和三个孩子关系都很好，和他们就是朋友，同时从他们身上学习。

我大儿子上大学的时候，我送了他一个锦囊，里面四句话："大其愿，坚其志，虚其心，柔其气。"一个成功的人只要有大的愿望理想、坚强的意志、谦逊的态度和温柔的气质就行了。

○张晓风

我的孩子会因你们得到什么呢?

97

我交给你们一个孩子

张晓风

小男孩走出大门,返身向四楼阳台上的我招手,说:"再见!"那是好多年前的事了,那个早晨是他开始上小学的第二天。

我其实仍然可以像前一天一样,再陪他一次,但我却狠下心来,看他自己单独去了。他有属于他的一生,是我不能相陪的,母子一场,只能看作一把借来的琴弦,能弹多久,便弹多久，但借来的岁月毕竟是有其归还期限的。

他欣然地走出长巷，很听话地既不跑也不跳，一副循规蹈矩的模样。我一个人怔怔地望着巷子下细细的朝阳而落泪。

想大声地告诉全城市，今天早晨，我交给你们一个小男孩，他还不知恐惧为何物，我却是知道的，我开始恐惧自己有没有交错。

我把他交给马路，我要他遵守规矩沿着人行道而行，但是，匆匆的路人啊，你们能够小心一点吗？不要撞到我的孩子，我把我的至爱交给了纵横的道路，容许我看见他平平安安地回来。

我不曾搬迁户口，我们不要越区就读，我们让孩子读本区内的国民小学而不是某些私立明星小学，我努力去信任自己的教育当局，而且，是以自己的儿女为赌注来信任——但是，学校啊，当我把我的孩子交给你，你保证给他怎样的教育？今天清晨，我交给你一个欢欣诚实又颖悟的小男孩，多年以后，你将还我一个怎样的青年？

他开始识字，开始读书，当然，他也要读报纸、听音乐或看电视、电影，古往今来的撰述者啊，各种方式的知识传递者啊，我的孩子会因你们得到什么呢？你们将饮之以琼浆，灌之以醍醐，还是哺之以糟粕？他会因而变得正直、忠信，还是学会奸猾、诡诈？当我把我的孩子交出来，当他向这世界求知若渴，世界啊，你给他的会是什么呢？

世界啊，今天早晨，我，一个母亲，向你交出她可爱的小男孩，而你们将还我一个怎样的呢？！

○（美）扎克伯格

你的到来已经成为我们反思的原因，反思什么样的世界才是我们希望你生活的世界。

我们希望你成长的世界，
好过我们今天的世界

（美）扎克伯格 文

方嫒 译

亲爱的麦克斯：

你的降生给我们带来了莫大的希望，我和你母亲一时找不到合适的词语言说。你有一个美好的新生活，我们希望你健康、快乐，充实地度过一生。你的到来已经成为我们反思的原因，反思什么样的世界才是我们希望你生活的世界。

和天下所有的父母一样，我们希望你成长的世界好过我们今天的世界。

虽然新闻总是报道哪里出了问题，但从很多方面看，世界正在往好的方向发展。卫生水平在改善、贫困人口在减少、知识在积累、人与人彼此联通，各领域的技术进步意味着你将来的生活会大大好于我们今天的生活。

我们会尽自己的职责让这一切发生，这不光是因为我们爱你，也是因为我们对所有下一代孩子负有道义上的责任。

我们相信，人人都具有同样的价值，未来增加的人口也是一样。我们的社会有义务投资今日，改善那些所有将降生在这个世界上人的生活，而不仅仅是现在这些人。

不过就现在来说，我们有时候没有齐心协力将资源用在解决你们这一代将面临的问题上，没有给你们创造最大的机遇。

……

我们希望为你们这一代做到的事情主要有两件：提高人的潜力，促进平等。

提高人的潜力就是如何让人生变得更卓越。

你的学识和经验能比我们今天丰富100倍吗？

我们这一代能治愈疾病，让你们过得更健康，享受更长的寿命吗？

我们能把世界联通起来，让你们接触到每种想法、每个人和机遇吗？

我们能驾驭更多的清洁能源，让你们在保护环境的情况下，发明出我们今天无法设想的东西吗？

我们能培育创业精神，让你们打造任何类型的企业，解决难题，从而和平繁荣地发展吗？

促进平等就是确保所有人都能接触到这些机遇——无论什么民族、家庭或出身。

我们的社会必须做到这一点。这不仅仅是公正或慈善的问题，这关乎人类进步的伟大之处。

……

只要理解了我们能为你们这一代创造的世界，我们就有责任，全社会共同努力投资未来，使其变为现实。

……

如果你没有健康的童年，就很难发挥全部潜力。

如果你要为食物或房租发愁，或者是担心被虐待和人身安全，那么也很难发挥全部潜力。

如果你因为自己的肤色，而害怕自己进不了大学而是进了监狱，或是因为身份是否合法的问题被驱逐，或是可能因为自己的宗教、性取向或性别认同成为暴力的受害者，那么就很难发挥全部潜力。

我们需要制度认识到，所有这些问题都不是孤立存在的。你母亲正在建立的新型学校就要贯彻这种理念。

通过与学校、卫生院、家长会以及地方政府合作，确保所有孩子衣食无忧，从年幼时就得到细心呵护，我们在彼此联通后就能着手解决这类不平等问题。只有到那时，我们才会共同努力，让人人平等。

这种模式需要发展多年才可成型。这是提高人的潜力且促进平等如何紧密相连的又一个例子。如果我们想要实现这两者，就必须先打造一个包容健康的社会。

为了让你们这一代生活在更好的世界，我们这一代能做的事情还有很多。

今天，我和你母亲承诺，用我们毕生的精力，为解决这些挑战尽微薄之力。在今后多年里，我还将继续担任"脸书"首席执行官一职，但上面这些问题是不能等到你长大了，或是我们变老了再着手解决的。早早开始，我们希望在我们这辈子中看到一些复合收益。

当你成为陈·扎克伯格一家的新接班人时，我们也启动了"陈·扎克伯格慈善项目"，和其他人一起，提高人的潜力并为下一代孩子创造平等的机遇。我们一开始将关注个性化学习、疾病治愈、联通人们并打造强大的社区。

为了这一使命，我们将在今后捐出所持"脸书"股份的99%——现在价值大约是450亿美元。我们知道，和那些已经在着手解决这些问题的人花费的资源与天分相比，这些捐献微不足道。但我们想尽自己的一份力，和很多这样的人携手并进。

当我们成为家长，掀开人生崭新一页时，我们想要对那些让这一切变为现实的人致以深深的谢意。

……

麦克斯，我们爱你，并且把为你和所有孩子留下一个更好的世界当成一个重任。我们希望你的人生中也充满爱、希望与喜悦——就如同你赠予我们的一样。我们已经等不及要看看你会为这个世界带来些什么。

爱你

爸爸和妈妈

PART 2
大师的叮咛

要懂得过快快乐乐的生活，

要学会过各种不同的生活

○ 梁启超

一面不可骄盈自慢,一面又不可怯弱自馁,尽自己能力做去……而于社会亦总有多少贡献。

莫问收获，但问耕耘

梁启超

孩子们：

　　思成和思永同走一条路，将来互得联络观摩之益，真是最好没有了。思成来信问有用无用之别，这个问题很容易解答，试问唐开元天宝间李白、杜甫与姚崇、宋璟比较，其贡献于国家者孰多？为中国文化史及全人类文化史起见，姚、宋之有无，算不得什么事。若没有了李、杜，试问历史减色多少呢？

我也并不是要人人都做李、杜，不做姚、宋，要之，要各人自审其性之所近何如，人人发挥其个性之特长，以靖献于社会，人才经济莫过于此。思成所当自策厉者，惧不能为我国美术界作李、杜耳。如其能之，则开元、天宝间时局之小小安危，算什么呢？你还是保持这两三年来的态度，埋头埋脑去做便对了。

你觉得自己天才不能副你的理想，又觉得这几年专做呆板工夫，生怕会变成画匠。你有这种感觉，便是你的学问在这时期内将发生进步的特征，我听见倒喜欢极了。孟子说："能与人规矩，不能使人巧。"凡学校所教与所学总不外规矩方面的事，若巧则要离了学校方能发见。规矩不过求巧的一种工具，然而终不能不以此为教，以此为学者，正以能巧之人，习熟规矩之后，乃愈益其巧耳。（不能巧者，依着规矩可以无大过。）

你的天才到底怎么样，我想你自己现在也未能测定，因为终日在师长指定的范围与条件内用功，还没有自由发掘自己性灵的余地。况且凡一位大文学家、大美术家之成就，常常还要许多环境与其附带学问的帮助。中国先辈说要"读万卷书，行万里路"。你两三年来蛰居于一个学校的图案室之小天地中，许多潜伏的机能如何便会发育出来，即如此次你到波士顿一趟，便发生许多刺激，区区波士顿算得什么，比起欧洲来真是"河伯"之与"海若"，若和自然界的崇高伟丽之美相比，那更不及万分之一了。然而令你触发者已经如此，将来你学成之后，常常找机会转变自己的环境，扩大自己的眼界和胸次，到那时候或者天才会爆发出来，今尚非其时也。

今在学校中只有把应学的规矩，尽量学足，不惟如此，将来到欧洲回中国，所有未学的规矩也还须补学，这种工作乃为一生历程所必须经过的，而且有天才的人绝不会因此而阻抑他的天才，你千万别要对此而生厌倦，一厌倦即退步矣。至于将来能否大成，大成到怎么程度，当然还是以天才为之分限。

我生平最服膺曾文正两句话："莫问收获，但问耕耘。"将来成就如何，现在想他则甚？着急他则甚？一面不可骄盈自慢，一面又不可怯弱自馁，尽自己能力做去，做到哪里是哪里，如此则可以无入而不自得，而于社会亦总有多少贡献。我一生学问得力专在此一点，我盼望你们都能应用我这点精神。

爹爹

二月十六日

注：此信选自《梁启超家书》，写于1927年。梁启超有十个子女，除了一个英年早逝，其他均成才，这和梁启超对他们的教育、培养密不可分。写这封信之前，梁思成给父亲梁启超写了一封信，表示，他已经在宾夕法尼亚大学学习了三年，每天都在画图，担心自己会成为一个画匠，背离理想。梁启超用唐代大诗人李白、杜甫与姚崇、宋璟做比较，告知梁思成应该安下心来，踏踏实实学习。

○胡适

但志气要放在心里,要放在功夫里,千万不可放在嘴上,千万不可摆在脸上。

115

做人要做最上等的人

胡适

祖望：

你这么小小年纪，就离开家庭，你妈妈和我都很难过。但我们为你想，离开家庭是最好办法。第一使你操练独立的生活，第二使你操练合群的生活，第三使你自己感觉用功的必要。

自己能供应自己、服事自己，这是独立的生活。饮食要自己照管，冷暖要自己知道。最要紧的是做事要自己负责任。你功课做得好，是你自己的光荣；你做错了事，学堂记你的过，惩罚你，是你自己的羞耻。做得好，是你自己负责任。做得不好，也是你自己负责任。这是你自己独立做人的第一天，你要凡事小心。

你现在要和几百人同学了，不能不想想怎样可以同别人合得来好。人同人相处，这是合群的生活。你要做自己的事，但不可妨害别人的事。你要爱护自己，但不可妨害别人。能帮助别人，须要尽力帮助人，但不可帮助别人做坏事。如帮人作弊，帮人犯规则，都是帮人做坏事，千万不可做。

合群有一条基本规则，就是时时要替别人想想，时时要想想：假使我做了他，我应该怎样？我受不了的，他能受得了吗？我不愿意的，他愿意吗？你能这样想，便是好孩子。

你不是笨人，功课应该做得好。但你要知道世上比你聪明的人多得很。你若不用功，成绩一定落后。功课及格，那算什么？在一班要赶在一班的最高一排。在一校要赶在一校的最高一排。功课要考最优等，品行要列最优等，做人要做最上等的人，这才是有志气的孩子。但志气要放在心里，要放在工夫里，千万不可放在嘴上，千万不可摆在脸上。无论你的志气怎样高，对人切不可骄傲。无论你成绩怎么好，待人总要谦虚和气。你越谦虚和气，人家越敬你爱你。你越骄傲，人家越恨你，越瞧不起你。

儿子，你不在家中，我们时时想念你，你自己要保重身体。你是徽州人，要记得"徽州朝奉，自己保重"。

你要记得下面的几件事：

（一）不要买摊头上的食物，微生物可怕。

（二）不要喝生水、冷水，微生物可怕。

（三）不要贪凉。身体受了寒冷，如同水冰了不流，如同汽车上汽油冻住了，汽车便开不动。许多病是这样来的。

（四）有病赶快寻医生。头痛是发热的表示，赶快试验温度表（寒暑表），看看有无热度。

（五）两脚走路觉得吃力时，赶快请医生验看，怕是脚气病。脚气病是学堂里常有事，最可怕，最危险。

（六）学校饮食里的滋养料不够，故每日早起须吃麦精一匙，可试用麦精代替糖浆，涂在面包上吃吃看。

这几条都是很要紧的，千万不要忘记。

你写信给我们，也须用编号数，用一本簿子记上，如下式：

家信苏州第一号　　月　　日寄

苏州　　第二号　　月　　日寄

你收的家信，也记在簿子上：

爸爸苏州第一号　八月廿七日收

爸爸苏州第二号　　月　　日收

妈妈　　第三号　　月　　日收

儿子，不要忘记我们，我们不会忘记你。努力做一个好孩子。

爸爸

十八年八月廿六日夜

注：此信选自《胡适家书》，写于1929年，胡祖望10岁要去苏州读书，这是胡适给他写的第一封书信。

○胡适

读书好像用兵,养兵求其能用,否则即使有十万、二十万的大兵也没有用处,难道只好等他们「兵变」吗?

为什么读书

胡适

青年会叫我在未离南方赴北方之前在这里谈谈，我很高兴，题目是为什么读书。现在读书运动大会开始，青年会拣定了三个演讲题目。我看第二题目怎样读书很有兴味，第三题目读什么书更有兴味，第一题目无法讲，为什么读书，连小孩子都知道，讲起来很难为情，而且也讲不好。所以我今天讲这个题目，不免要侵犯其余两个题目的范围，不过我仍旧要为其余两位演讲的人留一些余地。现在我就把这个题目来试一下看。我从前也有过一次关于读书的演讲，后来我把那篇演讲录略事修改，编入三集文存里面，那篇文章题目叫做《读书》，其内容性质较近于第二题目，诸位可以拿来参考。今天我就来试试为什么读书这个题目。

从前有一位大哲学家做了一篇《读书乐》，说到读书的好处，他说："书中自有千钟粟，书中自有黄金屋，书中自有颜如玉。"这意思就是说，读了书可以做大官，获厚禄，可以不至于住茅草房子，可以娶得年轻的漂亮太太（台下哄笑）。诸位听了笑起来，足见诸位对于这位哲学家所说的话不十分满意，现在我就讲所以要读书的别的原因。

为什么要读书？有三点可以讲：第一，因为书是过去已经知道的智识学问和经验的一种记录，我们读书便是要接受这人类的遗产；第二，为要读书而读书，读了书便可以多读书；第三，读书可以帮助我们解决困难，应付环境，并可获得思想材料的来源。我一踏进青年会的大门，就看见许多关于读书的标语。为什么读书？大概诸位看了这些标语就都已知道了，现在我就把以上三点更详细的说一说。

第一，因为书是代表人类老祖宗传给我们的智识的遗产，我们接受了这遗产，以此为基础，可以继续发荣光大，更在这基础之上，建立更高深更伟大的智识。人类之所以与别的动物不同，就是因为人有语言文字，可以把智识传给别人，又传至后人，再加以印刷术的发明，许多书报便印了出来。人的脑很大，与猴不同，人能造出语言，后来更进一步而有文字，又能刻木刻字，所以人最大的贡献就是过去的智识和经验，使后人可以节省很多脑力。非洲野蛮人在山野中遇见鹿，他们就画了一个人和一只鹿以代信，给后面的人叫他们勿追。但是把智识和经验遗给儿孙有什么用处呢？这是有用处的，因为这是前人很好的教训。现在学校里各种教科，如物理、化学、历史，等等，都是根据几千年来进步的智识编纂成书的，一年、两年，或者三年，教完一科。自小学、中学，而至大学毕业，这十六年中所受的教育，都是代表我们老祖宗几千年来得来的智识学问和经验。所谓进化，就是叫人节省劳力，蜜蜂虽能筑巢，能发明，但传下来就只有这一点智识，没有继续去改革改良，以应付环境，没有做格外进一步的工作。人呢，达不到目的，就再去求进步，而以前人的智识学问和经验作参考。如果每样东西，要个个人从头学起，而不去利用过去的智识，那不是太麻烦了吗？所以人有了这智识的遗产，就可以自己去成家立业，就可以缩短工作，使有余力做别的事。

　　第二点稍复杂，就是为读书而读书。读书不是那么容易的一件事情，不读书不能读书，要能读书才能多读书。好比戴了眼镜，小的可以放大，糊涂的可以看得清楚，远的可以变为近。读书也要戴眼镜。眼镜越好，读书的了解力也越大。王安石对曾子固说："读经而已，则不足以知经。"所以他对于《本草》、《内经》、小说，无所不读，这样对于经才可以明白一些。王安石说："致其知而后读。"

请你们注意，他不说读书以致知，却说，先致知而后读书。读书固然可以扩充知识，但知识越扩充了，读书的能力也越大。这便是"为读书而读书"的意义。

试举《诗经》作一个例子。从前的学者把《诗经》看作"美""刺"的圣书，越讲越不通。现在的人应该多预备几副好眼镜，人类学的眼镜，考古学的眼镜，文法学的眼镜，文学的眼镜。眼镜越多越好，越精越好。例如"野有死麇，白茅包之，有女怀春，吉士诱之"，我们若知道比较民俗学，便可以知道打了野兽送到女子家去求婚，是平常的事。又如"钟鼓乐之，琴瑟友之"，也不必说什么文王太姒，只可看作少年男子在女子的门口或窗下奏乐唱和，这也是很平常的事。再从文法方面来观察，像《诗经》里"之子于归""黄鸟于飞""凤凰于飞"的"于"字，此外，《诗经》里又有几百个的"维"字，还有许多"助词""语词"，这些都是有作用而无意义的虚字，但以前的人却从未注意及此。这些字若不明白，《诗经》便不能懂。再说在《墨子》一书里，有点光学、力学，又有点经济学。但你要懂得光学，才能懂得墨子所说的光；你要懂得各种智识，才能懂得《墨子》里一些最难懂的文句。总之，读书是为了要读书，多读书更可以读书。最大的毛病就在怕读书，怕读难书。越难读的书我们越要征服它们，把它们作为我们的奴隶或向导。我们才能够打倒难书，这才是我们的"读书乐"。若是我们有了基本的科学知识，那末，我们在读书时便能左右逢源。我再说一遍，读书的目的在于读书，要读书越多才可以读书越多。

第三点，读书可以帮助解决困难，应付环境，供给思想材料，知识是思想材料的来源。思想可分作五步。思想的起源是大的疑问。吃饭拉屎不用想，但逢着三岔路口、十字街头那样的环境，就发生困难了。走东或是走西，这样做或是那样做，有了困难，才有思想。第二步要把问题弄清，究竟困难在哪一点上。第三步才想到如何解决，这一步，俗话叫做出主意。但主意太多，都采用也不行，必须要挑选。但主意太少，或者竟完全无主意，那就更没有办法了。第四步就是要选择一个假定的解决方法。要想到这一个方法能不能解决。若不能，那末，就换一个；若能，就行了。这好比开锁，这一个钥匙开不开，就换一个；假定是可以开的，那末，问题就解决了。第五步就是证实。凡是有条理的思想都要经过这步，或是逃不了这五个阶级。科学家要解决问题，侦探要侦探案件，多经过这五步。

这五步之中，第三步是最重要的关键。问题当前，全靠有主意（ideas）。主意从哪儿来呢？从学问经验中来。没有智识的人，见了问题，两眼白瞪瞪，抓耳挠腮，一个主意都不来。学问丰富的人，见着困难问题，东一个主意，西一个主意，挤上来，涌上来，请求你录用。读书是过去智识、学问、经验的记录，而智识、学问、经验就是要用在这时候，所谓养军千日，用在一朝。否则，学问一些都没有，遇到困难就要糊涂起来。例如达尔文把生物变迁现象研究了几十年，却想不出一个原则去整统他的材料。后来无意中看到马尔萨斯的《人口论》，说人口是按照几何学级数一倍一倍的增加，粮食是按照数学级数增加，达尔文研究了这原则，忽然触机，就把这原则应用到生物学上去，创了物竞天择的学说。读了经济学的书，可以得着一个解决生物学上的困难问题，这便是读书的功用。古人说"开卷有益"，正是此意。读书不是单为文凭功名，只因为书中可以供给学问智识，可以帮助我们解决困难，可以帮助我们思想。又譬如从前的人以为地球是世界的中心，后来天文学家哥白尼却主张太阳是世界的中心，绕着地球而行。据罗素说，哥白尼所以这样的解说，是因为希腊人已经讲过这句话；假使希腊没有这句话，恐怕更不容易有人敢说这句话吧。这也是读书的好处。有一家书店印了一部旧小说叫做《醒世姻缘》，要我作序。这部书是西周生所著的，印好在我家藏了六年，我还不曾考出西周生是谁。这部小说讲到婚姻问题，其内容是这样：有个好老婆，不知何故，后来忽然变坏，作者没有提及解决方法，也没有想到可以离婚，只说是前世作孽，因为在前世男虐待女，女就投生换样子，压迫者变为被压迫者。这种前世作孽，起先相爱，后来忽变的故事，我仿佛什么地方看见过，后来忽然想起《聊斋》一书中有一篇和这相类似的笔记，也是说到一个女子，起先怎样爱着她的丈夫，后来怎样变为凶太太，便想到这部小说大约是蒲留仙或是蒲留仙的朋友做的。去年我看到一本杂记，也说是蒲留仙做的，不过没有多大证据。今年我在北京，才找到了证据。这一件事可以解释刚才我所说的第二点，就是读书可以帮助读书，同时也可以解释第三点，就是读书可以供给出主意的来源。当初若是没有主意，到了逢着困难时便要手足无措，所以读书可以解决问题，就是军事、政治、财政、思想等问题，也都可以解决，这就是读书的用处。

我有一位朋友，有一次傍着洋灯看小说，洋灯装有油，但是不亮，因为灯芯短了。于是他想到《伊索寓言》里有一篇故事，说是一只老鸦要喝瓶中的水，因为瓶太小，得不到水，它就衔石投瓶中，水乃上来。这位朋友是懂得化学的，加水于灯中，油乃碰到灯芯。这是看《伊索寓言》给他看小说的帮助。读书好像用兵，养兵求其能用，否则即使坐拥十万、二十万的大兵也没有用处，难道只好等他们"兵变"吗？

至于"读什么书"，下次陈钟凡先生要讲演，今天我也附带的讲一讲。我从五岁起到了四十岁，读了三十五年的书。我可以很诚恳的说，中国旧籍是经不起读的。中国有五千年文化，四部的书已是汗牛充栋。究竟有几部书应该读，我也曾经想过。其中有条理有系统的精心结构之作，二千五百年以来恐怕只有半打。"集"是杂货店，"史"和"子"还是杂货店。至于"经"，也只是杂货店，讲到内容，可以说没有一些东西可以给我们改进道德、增进智识的帮助的。中国书不够读了，我们要另开生路，辟殖民地，这条生路，就是每一个少年人必须至少要精通一种外国文字。读外国语要读到有乐而无苦，能做到这地步，书中便有无穷乐趣。希望大家不要怕读书，起初的确要查阅字典，但假使能下一年苦功，继续不断做去，那末，在一二年中定可开辟一个乐园，还只怕求知的欲望太大，来不及读呢。我总算是老大哥，今天我就根据我过去三十五年读书的经验，给你们这一个临别的忠告。

注：本文为1930年11月胡适在上海青年会的演讲，记录稿又经胡适校正、增补，刊载于《现代学生》上。

○董桥

学生活比拿文凭要难。

要懂得过快快乐乐的生活,要学会过各种不同的生活

董桥

绮绮:

你信上说你那儿秋意渐浓,你早晚上课上图书馆都记得披毛衣,也记得多吃蔬菜水果,我很放心。其实,收到你的信就很放心了,何况你信上说你会好好照顾自己!明明知道你都那么大了,当然学会了顺着我的心意说些教我放心的

话，但是，你在信末顺手写了这两三句话，我竟放心得不得了！人，实在并不太难应付，是吗？前几个月送你去上学的时候，我心里真舍不得，也真拿不定主意，可是又不能让你知道，怕你更难过，因为据说做爸爸的人是不能没有主意的。那几个晚上，我在旅馆里跟你说的话，听来是在安慰你，鼓励你，其实也在安慰我自己，鼓励我自己。

你当时说了一句话，我到现在还记得很清楚，你说："要是能像当年你和妈妈带着我和弟弟到伦敦去就好了，你在伦敦做事，我和弟弟在伦敦念书！"我不知道该说什么。人是要长大的；长大了就不必老跟爸爸妈妈在一起。你这封信上说，你不在家里了，才知道家里多好。这是真心话，我知道；当年带着你们在伦敦住了那么久，我也很想回到中国人多的地方住一住，于是我们又搬回香港来了。这种想法其实相当可笑。

那天跟你去看你的学校，我无端想到陈之藩先生《旅美小简》里那篇《失根的兰花》。你的学校跟他去的那家费城郊区小大学一样，"校园美得像首诗，也像幅画。依山起伏，古树成荫"，难怪他想起北平公园里的花花草草，"总觉得这些花不该出现在这里。它们的背景应该是来今雨轩，应该是谐趣园，应该是宫殿阶台，或亭阁栅栏"。我当时不是告诉你说,这个校园跟我在台南的校园有点像吗?可是你竟说很像你在英国那家中学的校园,也像你在香港那家中学的校园。你看你看,人一怀旧,记忆就不老实了,眼睛就来骗人了。你爷爷当年久客南洋,也忘不了唐山的一山一水,他的《燕庐札记》里有这样几句话:"予寓之燕,两廊不下百余;每当夕阳西下、炊烟四起时,颇有倦鸟思还之态。吾人离乡背井,久客异方,对此倦鸟归巢,能不感慨系之!……"你记得我们伦敦家里那幅小小的版画吧?那是我偶然在大英博物馆斜对面一家破店里看到的,刻的既然是几只飞燕,刻工虽不很好,我还是买回家里挂,因为爷爷在世时喜欢燕子!你信不信:"怀乡"是一种癖性,会一代一代传下去,用不着传教似的传下去,是传染似的传下去。你说你在唐人街里买了一大堆中国罐头雪菜和皮蛋在宿舍里弄消夜吃,爷爷知道了一定又心疼又高兴。"虽说她满身是维多利亚衣橱里的樟脑味道!"他会说。爷爷在这种事情上最不讲理;你大概记不得了。老实说,家国之情既然是"情",也就顾不了"理"了。他久客异方,嘴里虽懂得说"大抵心安即是家",心事无奈跟陈之藩先生说的一样:"花搬到美国来,我们看着不顺眼;人搬到美国来,也是同样不安心!"这也算是自己折磨自己;最糟的是这折磨倒真有点乐趣;说是痛快也恰当。

你说你喜欢弟弟给你的信上说的那句话："想家你就哭吧，哭了会痛快的。"弟弟不懂政治，倒懂点心理。想家、思乡、爱国、怀旧是心理在作祟，未必是政治搞的鬼。二次大战期间，英国政府到处贴海报，鼓励壮丁从军报国；海报上画的是一些英国女人倚门挥别丈夫、情人，上面写着："英国妇女说：'去吧！'"不必搬出爱国论调，攻心一攻就破了！

对了，不要把时间和精力都花在课堂上和教科书里；多抽空交朋友，多出去逛逛。老远跑到外国去，不是为了拿一张文凭回来见我。学生活比拿文凭要难。要懂得过快快乐乐的生活，要会过各种不同的生活。不要担心自己荒废中文；你会看懂我的中文信就够了。至于中国历史和中国文化传统，看来你也染上了爷爷的癖性，不论到哪里都改不过来了。不信你等着看。这可不是什么狗屁哲学家放的狗屁。两位牛津教授一边散步一边聊天，其中一位说："邻居有个小孩很希望见见拿破仑，我说，这可办不到。他问我为什么，我说因为拿破仑是古人，而你不可能从一百三四十年前就活到现在还没死。他不信；我说因为这是说不通的，正如我们不能说你可以同时活在两个地方或者说你可以回到古代去。小孩于是说：既然只是说不通和说得通的问题，我们换一换说法不就成了吗？你说我该怎么回答这小孩？"另一位教授说:"让他去试吧,试试回到古代去。试一试并不犯法。让他试,看他试出个什么来。"你看,怎么说都没用;自己试一试就知道了。每一代的中国人都在试着回到古代的中国去,劝也劝不来;雪菜和皮蛋就这样传到外国去了,还有爷爷的燕子;你放心。

忘了告诉你:那天跟你在美国买到的那张藏书票已经镶了镜框挂在我书房里了;约翰逊博士真凶,把老书商打得直哆嗦,妙极了!这种玩意儿这里买不到,外国才有。糟糕!

爸爸

八三年十一月十六日

注:此信选自董桥的文集《这一代的事》,原文名为《给女儿的信》。

○曹禺

「着迷是最好的朋友。」希望你能真正在创作中得到平静快乐的心情。

小方子,你不能再玩了

曹禺

小方子,你不能再玩了,爸爸心里真着急。这么大岁数,不用功写作,还不能"迷"在创作里,将来如何得了?我以为人活着总要有一点比较可以自豪的内在的理想,万不能总想着有趣好玩之事,要对爸爸说真话,要苦用功。必须一面写作,一面争取多从真实生活中找素材,积累素材。素材要记下来，一句话，一个人物，一点小故事，分门别类地记。日后要拿出来看，要想。不然记过的东西也等于白记。每晚回家不能创作时，就把一天的材料用心写下来，订成一本。你最好买个活页本，这样更方便。

方子，我不是说要你做个苦行僧，但必须有志气，你喜欢干的事情看准了，就要坚持下去。为自己选择了的道路去苦干。

1981年10月9日

我以为人生只此一次，不悟出自己活着的使命则一事无成，势必痛悔为何早不觉悟，到了一定年龄便知这是真理。

这几年，我要追回已逝的时间，再写点东西，不然我情愿不活下去。爸爸仅靠年轻时写了那一点东西维持精神上的生活，实在不行。但创作真是极艰苦的劳作，时常费日日夜夜的时间写的那一点东西，一遇到走不通想不通的关，又得返工重写。一部稿子不知要改多少遍。当然真有一个结实的大纲与思想，写下去只是费时间，倒不会气馁。

最近读了《贝多芬传》，这位伟大的人激励了我。我不得不写作，即便写成一堆废纸，我也是得写，不然便不是活人。

1982年2月9日

我一生都有这样的感觉，人这个东西是非常复杂的，又是非常宝贵的。人，还是极应当把他搞清楚的。无论做任何事情，写作，做学问，如果把人搞不清楚，看不明白，这终究是一个极大的遗憾。

爱因斯坦说："热爱是最好的老师。"他说自己一生的成就都得益于此。我想加一句："着迷是最好的朋友。"希望你能真正在创作中得到平静快乐的心情。

1982年6月10日

天才是"牛劲"，是日以继夜的苦干精神。你要观察、体会身边的一切事物、人物，写出他们的神态，不断看见、觉察出来那些崇高的灵魂在文字间是怎样闪光的。必须有真正的思想，没有思想便不成其为人，更何况一个作家。其实向往着光明的思想才能使人写出好东西来。卑污的灵魂是写不出真正让人称赞的东西的。

生活中往往有许多印象、许多憧憬，总是等写到节骨眼儿就冒出来了。要我说明白是不可能的，现在不可能，写的时候也不可能。

我的话不是给木头人、木头脑袋瓜写的。你要常想想，揣摩一下，体会一下，看看自己相差多远。杰克·伦敦的勇气志气与冲天干劲，百折不回的"牛劲"是大可学习的。你比起他是小毛虫，你还不知道苦苦修改，还不知道退稿再写，再改。再改，退了，又写别的，写，写，写不完地写，那怎么行？

注：本文是剧作家曹禺给女儿的家书节选。

○梁实秋

我一向不信孩子是未来世界的主人翁,因为我亲见孩子到处在做现在的主人翁。

孩　子

梁实秋

兰姆是终身未娶的,他没有孩子,所以他有一篇《未婚者的怨言》收在他的《伊利亚随笔》里。他说孩子没有什么稀奇,等于阴沟里的老鼠一样,到处都有,所以有孩子的人不必在他面前炫耀,他的话无论是怎样中肯,但在骨子里有一点酸——葡萄酸。

我一向不信孩子是未来世界的主人翁,因为我亲见孩子到处在做现在的主人翁。孩子活动的主要范围是家庭,而现代家庭很少不是以孩子为中心的。一夫一妻不能成为家,没有孩子的家像是一株不结果实的树,总缺点什么,必定等到小宝贝呱呱堕地,家庭的柱石才算放稳,男人开始做父亲,女人开始做母亲,大家才算找到各自的岗位。我问过一个并非"神童"的孩子:"你妈妈是做什么的?"他说:"给我缝衣的。""你爸爸呢?"小宝贝翻翻白眼:"爸爸是看报的!"但是他随即更正说:"是给我们挣钱的。"孩子的回答全对。爹妈全是在为孩子服务。母亲早晨喝稀饭,买鸡蛋给孩子吃;父亲早晨吃鸡蛋,买鱼肝油精给孩子吃。最好的东西都要献呈给孩子,否则,做父母的心里便起惶恐,像是做了什么大逆不道的事一般。孩子的健康及其舒适,成为家庭一切设施的一个主要先决问题。这种风气,自古已然,于今为烈。自有小家庭制以来,孩子的地位顿形提高,以前的"孝子"是孝顺其父母之子,今之所谓"孝子"乃是孝顺其孩子之父母。孩子是一家之主,父母都要孝他!

"孝子"之说,并不偏激。我看见过不少的孩子鼓噪起来能像一营兵;动起武来能像械斗;吃起东西来能像饿虎扑食;对于尊长、宾客有如生番;不如意时撒泼打滚有如羊痫;

玩得高兴时能把家具什物狼藉满室，有如惨遭洗劫；……但是"孝子"式的父母则处之泰然，视若无睹，顶多皱起眉头，但皱不过三四秒钟仍复堆下笑容，危及父母的生存和体面的时候，也许要狠心咒骂几声，但那咒骂大部分是哀怨乞怜的性质，其中也许带一点威吓，但那威吓只能得到孩子的讪笑，因为那威吓是向来没有兑现过的。"孟懿子问孝，子曰：'无违。'"今之"孝子"深惬是说。凡是孩子的意志，为父母者宜多方体贴，勿使稍受挫阻。近代儿童教育心理学者又有"发展个性"之说，与"无违"之说正相符合。

体罚之制早已被人唾弃，以其不合儿童心理健康之故，我想起一个外国的故事：

一个母亲带孩子到百货商店，经过玩具部，看见一匹木马，孩子一跃而上，前摇后摆，踌躇满志，再也不肯下来，那木马不是为出售的，是商店的陈设。店员们叫孩子下来，孩子不听；母亲叫他下来，加倍不听；母亲说带他吃冰淇淋去，依然不听；买朱古力糖去，格外不听。任凭许下什么愿，总是还你一个不听；当时演成僵局，顿成胶着状态。最后一位聪明的店员建议说："我们何妨把百货商店特聘的儿童心理学专家请来解围呢？"众谋佥同，于是把一位天生成有教授面孔的专家从八层楼请了下来。专家问明原委，轻轻走到孩子身边，附耳低声说了一句话。那孩子便像触电一般，滚鞍落马，牵着母亲的衣裙，仓皇遁去。事后有人问那专家到底对孩子说的是什么话，那专家说："我说的是：'你若不下马，我打碎你的脑壳！'"

这专家真不愧为专家，但是颇有不孝之嫌。这孩子假如平常受惯了不兑现的体罚、威吓，则这专家亦将无所施其技了。约翰孙博士主张不废体罚，他以为体罚的妙处在于直截了当，然而约翰孙博士是十八世纪的人，不合时代潮流！

哈代有一首小诗，写孩子初生，大家誉为珍珠宝贝，稍长都夸作玉树临风，长成则为非作歹，终至于陈尸绞架。这老头子未免过于悲观。但是"幼有神童之誉，少怀大志。长而无闻，终乃与草木同朽"——这确是个可以普遍应用的公式，"小时聪明，大时未必了"，究竟是知言，然而为父母者多属乐观，孩子才能骑木马，父母便幻想他将来指挥十万貔貅时之马上雄姿；孩子才把一曲抗战小歌哼得上口，父母便幻想着他将来喉声一啭彩声雷动时的光景；孩子偶然拨动算盘，父母便暗中揣想他将来或能掌握财政大权，同时兼营投买卖；……这种乐观往往形诸言语、成为炫耀，使旁观者有说不出的感想。曾见一幅漫画：一个孩子跪在他父亲的膝头用他的玩具敲打他父亲的头，父亲眯着眼在笑，那表情像是在宣告："看看！我的孩子！多么活泼——多么可爱！"旁边坐着一位客人咧着大嘴做傻笑状，表示他在看着，而且感觉兴趣。这幅画的标题是"演剧术"。一个客人看着别人家的孩子而能表示感觉兴趣，这真确实需要良好的"演剧术"，兰姆显然是不欢喜这样的戏。

孩子中之比较最蠢、最懒、最刁、最泼、最丑、最弱、最不讨人欢喜的，往往最得父母的钟爱。此事似颇费解，其实我们应该记得《西游记》中唐僧为什么偏偏欢喜猪八戒。

谚云"树大自直"，意思是说孩子不需管教，小时恣肆些，大了自然会好。可是弯曲的小树，长大是否会直呢？我不敢说。

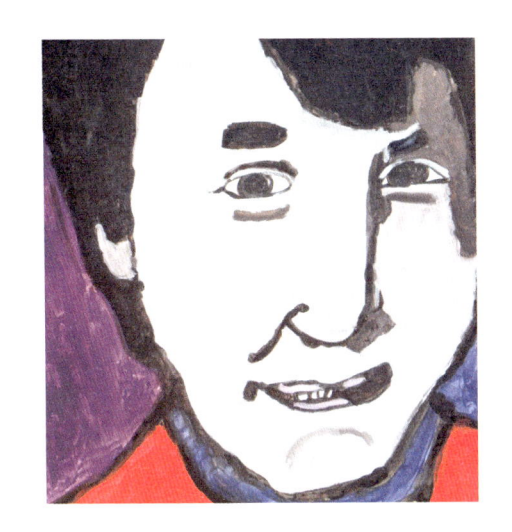

○丰子恺

你们的世界何等广大!

给我的孩子们

丰子恺

我的孩子们！我憧憬于你们的生活，每天不止一次！我想委曲地说出来，使你们自己晓得。可惜到你们懂得我的话的意思的时候，你们将不复是可以使我憧憬的人了。这是何等可悲哀的事啊！

瞻瞻！你尤其可佩服。你是身心全部公开的真人。你什么事体都像拼命地用全副精力去对付。小小的失意，像花生米翻落地了,自己嚼了舌头了,小猫不肯吃糕了,你都要哭得嘴唇翻白,昏去一两分钟。外婆普陀去烧香买回来给你的泥人,你何等鞠躬尽瘁地抱他,喂他;有一天你自己失手把他打破了,你的号哭的悲哀,比大人们的破产,失恋,broken heart(心碎),丧考妣,全军覆没的悲哀都要真切。两把芭蕉扇做的脚踏车,麻雀牌堆成的火车,汽车,你何等认真地看待,挺直了嗓子叫"汪——""咕咕咕……"来代替汽笛。宝姐姐讲故事给你听,说到"月亮姐姐挂下一只篮来,宝姐姐坐在篮里吊了上去,瞻瞻在下面看"的时候,你何等激昂地同她争,说"瞻瞻要上去,宝姐姐在下面看!",甚至哭到漫姑面前去求审判。我每次剃了头,你真心地疑我变了和尚,好几时不要我抱。最是今年夏天,你坐在我膝上发现了我腋下的长毛,当作黄鼠狼的时候,你何等伤心,你立刻从我身上爬下去,起初眼瞪瞪地对我端相,继而大失所望地号哭,看看,哭哭,如同对被判定了死罪的亲友一样。你要我抱你到车站里去,多多益善地要买香蕉,满满地擒了两手回来,回到门口时,你已经熟睡在我的肩上,手里的香蕉不知落在哪里了。这是何等可佩服的真率、自然、与热情!大人间的所谓"沉默""含蓄""深刻"的美德,比起你来,全是不自然的、病的、伪的! 你们每天做火车,做汽车,办酒，请菩萨，堆六面画，唱歌，全是自动的，创造创作的生活。大人们的呼号"归自然！""生活的艺术化！""劳动的艺术化！"在你们面前真是出丑得很了！依样画几笔画、写几篇文的人称为艺术家、创作家，对你们更要愧死！

你们的创作力，比大人真是强盛得多哩：瞻瞻！你的身体不及椅子的一半，却常常要搬动它，与它一同翻倒在地上；你又要把一杯茶横转来藏在抽斗里，要皮球停在壁上，要拉住火车的尾巴，要月亮出来，要天停止下雨。在这等小小的事件中，明明表示着你们的小弱的体力与智力不足以应付强盛的创作欲、表现欲的驱使，因而遭逢失败。然而你们是不受大自然的支配，不受人类社会的束缚的创造者，所以你的遭逢失败，例如火车尾巴拉不住，月亮呼不出来的时候，你们决不承认是事实的不可能，总以为是爹爹妈妈不肯帮你们办到，同不许你们弄自鸣钟同例，所以愤愤地哭了，你们的世界何等广大！ 你们一定想：终天无聊地伏在案上弄笔的爸爸，终天闷闷地坐在窗下弄针引线的妈妈，是何等无气性的奇怪的动物！你们所视为奇怪动物的我与你们的母亲，有时确实难为了你们，摧残了你们，回想起来，真是不安心得很！

阿宝！有一晚你拿软软的新鞋子，和自己脚上脱下来的鞋子，给凳子的脚穿了，划袜立在地上，得意地叫"阿宝两只脚，凳子四只脚"的时候，你母亲喊着"龌龊了袜子！"立刻擒你到藤榻上，动手毁坏你的创作。当你蹲在榻上注视你母亲动手毁坏的时候，你的小心里一定感到"母亲这种人，何等煞风景而野蛮"吧！

瞻瞻！有一天开明书店送了几册新出版的毛边的《音乐入门》来。我用小刀把书页一张一张地裁开来，你侧着头，站在桌边默默地看。后来我从学校回来，你已经在我的书架上拿了一本连史纸印的中国装的《楚辞》，把它裁破了十几页，得意地对我说："爸爸！瞻瞻也会裁了！"瞻瞻！这在你原是何等成功的欢喜，何等得意的作品，却被我一个惊骇的"哼！"字喊得你哭了。那时候你也一定抱怨"爸爸何等不明"吧！

瞻瞻！你常常要弄我的长锋羊毫，我看见了总是无情地夺脱你。现在你一定轻视我，想道："你终于要我画你的画集的封面！"

最不安心的是，有时我还要拉一个你们所最怕的陆露沙医生来，教他用他的大手来摸你们的肚子，甚至用刀来在你们臂上割几下，还要教妈妈和漫姑擒住了你们的手脚，捏住了你们的鼻子，把很苦的水灌到你们的嘴里去。这在你们一定认为太无人道的野蛮举动吧！

孩子们！你们果真抱怨我，我倒欢喜；到你们的抱怨变为感谢的时候，我的悲哀来了！

我在世间，永没有逢到像你们样出肺肝相示的人。世间的人群结合，永没有像你们样的彻底地真实而纯洁。最是我到上海去干了无聊的所谓"事"回来，或者去同不相干的人们做了叫做"上课"的一种把戏回来，你们在门口或车站旁等我的时候，我心中何等惭愧又欢喜！惭愧我为什么去做这等无聊的事，喜欢我又得暂时放怀一切地加入你们的真生活的团体。

但是，你们的黄金时代有限，现实终于要暴露的。这是我经验过来的情形，也是大人们谁也经验过的情形。我眼看见儿时的伴侣中的英雄、好汉，一个个退缩，顺从，妥协，屈服起来，到像绵羊的地步。我自己也是如此。"后之视今，亦犹今之视昔"，你们不久也要走这条路呢！

我的孩子们！憧憬于你们的生活的我，痴心要为你们永远挽留这黄金时代在这册子里。然这真不过像"蜘蛛网落花"略微保留一点春的痕迹而已。且到你们懂得我这片心情的时候，你们早已不是这样的人，我的画在世间已无可印证了！这是何等可悲哀的事啊！

注：此文原为《子恺画集》代序，作于1926年。

○钱穆

做人工夫无止境。学生在学校读书,有毕业时期;但做人却永不毕业——临终一息尚存,他仍是一人,即仍该做;所以做人须至死才已。

孩子们常读这五类书，人生情味都会厚

钱穆

我今天的讲题是"读书与做人"，实在对年青人也有关。婴孩一出世，就是一个人，但还不是我们理想中要做的一个人。我们也不能因为日渐长大成人了，就认为满足；人仍该要自己做。所谓做人，是要做一个理想标准高的人。这须自年幼时即学做；即使已届垂暮之年，仍当继续勉学、努力做。所谓"学到老，做到老"，做人工夫无止境。学生在学校读

书，有毕业时期；但做人却永不毕业——临终一息尚存，他仍是一人，即仍该做；所以做人须至死才已。

现在讲到读书。因为只有在书上可以告诉我们如何去做一个有理想、高标准的人；诸位在学校读书，主要就是要学做人，即如做教师的亦然。固然做教师可当是一职业；但我们千万不要以为职业仅是为谋生，当知职业也在做人道理中。做人理当有职业，以此贡献于社会。人生不能无职业，这是从古到今皆然的。但做一职业，并不即是做人之全体，而只是其一部分。学生在校求学，为的是为他将来职业作准备。然而除在课堂以外，如在宿舍中，或是在运动场上，也都是在做人，亦当学。在课堂读书求学，那只是学做人的一部分；将来出了学校，有了职业，还得要做人。做人圈子大，职业圈子小。

做人当有理想，有志愿。这种理想与志愿，藏在各人内心，别人不能见，只有他自己才知道。

因此，读书先要有志；其次，当能养成习惯，离开了学校还能自己不断读书。读书亦就是做人之一部分，因从读书可懂得做人的道理，可使自己人格上进。

惟在离开了学校以后的读书，实与在学校里读书有不同。在学校里读书，由学校课程硬性规定，要笔记、要考试，战战兢兢，担心不及格、不能升级、不能毕业，好像在为老师而读书，没有自己的自由；至于离了学校，有了职业，此时再也没有讲堂，也没有老师了，此时再读书，全是自由的，各人尽可读各人自己喜欢的书。当知：在学校中读书，只是为离学校求职业作准备。这种读书并不算真读书。如果想做一位专门学者，这是他想以读书为职业；当知此种读书，亦是做人中一小圈子。我们并不希望，而且亦不大可能要人人尽成为学者。我此所讲，乃指我们离开学校后，不论任何职业、任何环境而读书，这是一种业余读书，这种读书，始是属于人生的大圈子中尽人应有之一事，必需的，但又是自由的。今问此种读书应如何读法，下面我想提出两个最大的理想、最共同的目标来：

一是培养情趣。人生要过得愉快、有趣味，这需用工夫去培养。社会上甚至有很多人怕做人了，他觉得人生乏味，对人生发生厌倦，甚至于感到痛苦。譬如：我们当教师，有人觉得当教师是不得已，只是为谋生，只是枯燥沉闷，挨着过日子。但当知：这非教师做不得，只是他失了人生的情趣了。今试问：要如何才能扭转这心理，使他觉得人生还是有意义、有价值？这便得先培养他对人生的情趣；而这一种培养人生情趣的功夫，莫如好读书。

二是提高境界。所谓境界者，例如这讲堂，在调景岭村中，所处地势，既高又宽敞，背山面海；如此刻晴空万里，海面归帆遥驶，或海鸥三五，飞翔碧波之上；如开窗远眺，便觉眼前呈露的，乃是一片优美境界，令人心旷神怡。即或朗日已匿，阴雨晦瞑，大雾迷蒙，亦仍别有一番好景。若说是风景好，当知亦从境界中得来；若换一境界，此种风景也便不可得。居住有境界，人生亦有境界；此两种境界并不同。并非住高楼美屋的便一定有高的、好的人生境界，住陋室茅舍的便没有。也许住高楼华屋，居住境界好，但他的人生境界并不好。或许住陋室茅舍，他的居住环境不好，而他的人生境界却尽好。要知人生境界别有存在。这一层，或许对青年人讲，一时不会领会，要待年纪大了、经验多、读书多才能体会到此。

我们不是总喜欢过舒服快乐的日子吗？当知人生有了好的高的境界，他做人自会多情趣，觉得快活舒适。若我们希望能到此境界，便该好好学做人；要学做人，便得要读书。

为什么读书便能学得做一个高境界的人呢？因为在书中可碰到很多人，这些人的人生境界高、情味深，好做你的榜样。目前在香港固然有三百几十万人之多，然而我们大家的做人境界却不一定能高，人生情味也不一定能深。我们都是普通人，但在书中遇见的人可不同；他们是由千百万人中选出，又经得起长时间的考验而保留以至于今日，像孔子，距今已有二千六百年，试问中国能有几个孔子呢？又如耶稣，也快达二千年；他如释迦牟尼、穆罕默德等人。为什么我们敬仰崇拜他们呢？便是由于他们的做人。当然，历史上有不少人物，他们都因做人有独到处，所以为后世人所记忆，而流传下来了。世间绝没有中了一张马票，成为百万富翁而能流传后世的。即使做大总统或皇帝，亦没有很多人能流传让人记忆，令人向往。

中国历代不是有很多皇帝吗？但其中大多数，全不为人所记忆，只是历史上有他一名字而已。哪里有读书专来记人姓名的呢？做皇帝亦尚无价值，其余可知。中马票固是不足道；一心想去外国留学、得学位，那又价值何在、意义何在呀？当知论做人，应别有其重要之所在。假如我们诚心想做一人，"培养情趣，提高境界"，只此八个字，便可一生受用不尽；只要我们肯读书，能遵循此八个字来读，便可获得一种新情趣，进入一个新境界。各位如能在各自业余每天不断读书，持之以恒，那么长则十年二十年，短或三年五年，便能培养出人生情趣，提高了人生境界。那即是人生之最大幸福与最高享受了。

说到此，我们当再进一层来谈一谈读书的选择。究竟当读哪些书好？我认为，业余读书，大致当分下列数类：

一是修养类的书。所谓修养，犹如我们栽种一盆花，需要时常修剪枝叶，又得施肥浇水；如果偶有三五天不当心照顾，便绝不会开出好花来，甚至根本不开花，或竟至枯死了。栽花尚然，何况做人！当然更须加倍修养。

中国有关人生修养的几部书是人人必读的。首先是《论语》。切不可以为我从前读过了，现在毋须再读。正如天天吃饭一样，不能说今天吃了，明天便不吃；好书也该时时读。再次是《孟子》。孔孟这两部书，最简单，但也最宝贵。如能把此两书经常放在身边，一天读一二条，不过花上三五分钟，但可得益无穷。此时的读书，是各人自愿的，不必硬求记得，也不为应考试，亦不是为着要做学问专家或是写博士论文；这是极轻松自由的，只如孔子所言"默而识之"便得。只这样一天天读下，不要以为没有什么用；如像诸位每天吃下许多食品，不必也不能时时去计算在里面含有多少维他命、多少卡路里，只吃了便有益；读书也是一样。这只是我们一种私生活，同时却是一种高尚享受。

孟子曾说过："君子有三乐，而王天下不与存焉。"连做皇帝王天下都不算乐事；那么，看电影、中马票，又算得什么？但究竟孟子所说的那三件乐事是什么？我们不妨翻读一下《孟子》，把他的话仔细想一想，那实在是有意义的。

人生欲望是永远不会满足的；有人以为月入二百元能加至二百五十元就会有快乐；哪知等到你如愿以偿，你始觉得仍然不快乐——即使王天下，也一样会不快乐。我们试读历史，便知很多帝王比普通人活得更不快乐。做人确会有不快乐，但我们不能就此便罢，我们仍想寻求快乐。人生的真快乐，我劝诸位能从书本中去找；只花三两块钱到书店中去，便可买到《论语》《孟子》；即使一天读一条，久之也有无上享受。

还有一部《老子》，全书只五千字。一部《庄子》，篇幅较巨，文字较深，读来比较难；但我说的是业余读书，尽可不必求全懂。要知：即是一大学者，他读书也会有不懂的；何况我们是业余读书；等于放眼看窗外风景，或坐在巴士、轮渡中欣赏四周景物，随你高兴看什么都好，不一定要全把外景看尽了，而且是谁也看不尽。还有一部佛教禅宗的《六祖坛经》，是用语体文写的，内中故事极生动，道理极深邃，花几小时就可一口气读完，但也可时常精读。其次，还有朱子的《近思录》与阳明先生的《传习录》。这两部书，篇幅均不多，而且均可一条条分开读。爱读几条便几条。我常劝国人能常读上述七部书。中国传统所讲修养精义，已尽在其内。而且此七书不论你做何职业，生活如何忙，都可读。今天在座年幼的同学们，只盼你们记住这几部书名，亦可准备将来长大了读。如果大家都能每天抽出些时间来，有恒地去读这七部书，准可叫我们脱胎换骨，走上新人生的大道去。

其次便是欣赏类的书。风景可以欣赏，电影也可以欣赏，甚至品茶喝咖啡，都可有一种欣赏。我们对人生本身也需要欣赏，而且需要能从高处去欣赏。最有效的莫如读文学作品，尤要在读诗。这并非要求大家都做一个文学家；只要能欣赏。谚语有云："熟读唐诗三百首，不会作诗也会吟。"诗中境界，包罗万象；不论是自然部分，不论是人生部分，中国诗里可谓无所不包；一年四季，天时节令，一切气候景物，乃至飞潜动植，一枝柳，一瓣花，甚至一条村狗或一只令人讨厌的老鼠，都进入诗境，经过诗人笔下晕染，都显出一番甚深情意，趣味无穷；进入人生所遇喜怒哀乐，全在诗家作品中。当我们读诗时，便可培养我们欣赏自然，欣赏人生，把诗中境界成为我们心灵欣赏的境界。如能将我们的人生投放沉浸在诗中，那真趣味无穷。

如陶渊明诗:"犬吠深巷中,鸡鸣桑树巅。"

这十个字,岂非我们在穷乡僻壤随时随地可遇到!但我们却忽略了其中情趣。经陶诗一描写,却把一幅富有风味的乡村闲逸景象活在我们眼前了。我们能读陶诗,尽在农村中过活,却可把我们带进人生最高境界中去,使你如在诗境中过活,那不好吗?

又如王维诗:"雨中山果落,灯下草虫鸣。"

诸位此刻住山中,或许也会接触到这种光景:下雨了,宅旁果树上,一个个熟透了的果子掉下来,可以听到"扑""扑"的声音;草堆里小青虫经着雨潜进窗户来了,在灯下唧唧地鸣叫着。这是一个萧瑟幽静的山中雨夜,但这诗中有人。上面所引陶诗,背后也有人。只是一在山中,一在村中;一在白天,一在晚上。诸位多读诗,不论在任何境遇中,都可唤起一种文学境界,使你像生活在诗中,这不好吗?

纵使我们也有不能亲历其境的,但也可以移情神游,于诗中得到一番另外境界,如唐诗:"松下问童子,言师采药去。只在此山中,云深不知处。"

那不是一幅活的人生画像吗?那不是画的人,却是画的人生。那一幅人生画像,活映在我们眼前,让我们去欣赏。

在我想，欣赏一首诗，应比欣赏一张电影片有味，因其更可使我们长日神游，无尽玩味。不仅诗如此，即中国散文亦然。诸位纵使只读一本《唐诗三百首》，只读一本《古文观止》也好；当知我们学文学，并不为自己要做文学家。因此，不懂诗韵平仄，仍可读诗。读散文更自由。学文学乃为自己人生享受之用，在享受中仍有提高自己人生之收获，那真是人生一秘诀。

第三是博闻类。这类书也没有硬性规定；只求自己爱读，史传也好，游记也好，科学也好，哲学也好，性之所近，自会乐读不倦，增加学识，广博见闻，年代一久，自不寻常。

第四是新知类。我们生在这时代，应该随时在这时代中求新知。这类知识，可从现代出版的期刊杂志上，乃至报章上找到。这一类更不必详说了。

第五是消遣类。其实广义说来，上面所提，均可作为消遣；因为这根本就是业余读书，也可说即是业余消遣。但就狭义说之，如小说、剧本、传奇等，这些书便属这一类。如诸位读《水浒传》《三国演义》《红楼梦》，可作消遣。

上面已大致分类说了业余所当读的书。但诸位或说生活忙迫，能在什么时读呢？其实人生忙，也是应该的；只在能利用空闲，如欧阳修的三上，即枕上、厕上和马上。上床了，可有十分一刻钟睡不着；上洗手间，也可顺便带本书看看；今人不骑骡马，但在舟车上读书，实比在马上更舒适。古人又说三余：冬者岁之余，夜者日之余，阴者晴之余。现在我们生活和古人不同；但每人必有很多零碎时间，如：清晨早餐前，傍晚天黑前，又如临睡前；一天便有三段零碎时间了。恰如一块布，裁一套衣服以后，余下的零头，大可派作别的用场。另外，还有周末礼拜天，乃及节日和假期；尤其是做教师的还有寒暑假。这些都可充分利用，作为业余读书时间的。假如每日能节约一小时，十年便可有三千六百个小时。又如一个人自三十岁就业算起，到七十岁，便可节余一万四千四百个小时，这不是一笔了不得的大数目吗？现在并不是叫你去吃苦做学问，只是以读书为娱乐和消遣，亦像打麻雀、看电影，哪会说没有时间的！如果我们读书也如打麻雀、看电影般有兴趣、有习惯，在任何环境任何情况下都可读书。这样，便有高的享受，有好的娱乐，岂非人生一大佳事！读书只要有恒心，自能培养出兴趣，自能养成为习惯，从此可以提高人生境界。这是任何数量的金钱所买不到的。

今日香港社会读书风气实在太不够，中年以上的人，有了职业，便不再想到要进修，也不再想到业余还可再读书。我希望诸位能看重此事，也不妨大家合作，有书不妨交换读，有意见可以互相倾谈。如此，更易培养出兴趣。只消一年时间，习惯也可养成。我希望中年以上有职业的人能如此，在校的青年们他日离了学校亦当能如此，那真是无上大佳事。循此以往，自然人生境界都会高，人生情味都会厚。人人如此，社会也自成为一好社会。我今天所讲，并不是一番空泛的理论，只是我个人的实际经验。今天贡献给各位，愿与大家都分享这一份人生的无上宝贵乐趣。

注：本文为钱穆于1962年12月2日对香港慕德中学师生所作的演讲词。

〇（日）大江健三郎

到了初冬，我开始想上学了。

孩子为什么一定要上学

（日）大江健三郎 文

李昊然 译

在我迄今为止的人生历程中，我曾两次思考这个问题。重要的问题即使折磨人，也只能认真去思考，并且这种思考是一件很有意义的事情。即使问题没有得到最终解决，但曾经拿出时间对它认真加以思考本身，会在你将来想起它的时候，懂得它的意义。

我两次思考这个问题，十分幸运的是最终都得到了很好的答案，我认为那是我一生遇到的无数问题里寻找到的最好的答案。

最初，我没有怎么考虑过孩子为什么要上学这个问题，反倒很怀疑，孩子是否一定要上学。当时我十岁，是在秋天。那年夏天，日本在太平洋战争中战败。

战败使日本人的生活发生了很大的变化，那之前，我们孩子，还有大人，接受的一直是我们相信我们国家最强大、最有力量的教育，说日本天皇是个神，然而战后我们明白了，其实天皇也是人。

敌国中的美国，是我们最害怕、最憎恨的国家，可是现在，又是这个国家成为我们要从战争废墟中重新站起来最需要依赖的国家。

我觉得，这样的转变是对的。可是战争刚结束一个月，我就不愿去学校上学了。

因为直到仲夏，一直说"天皇是神，要向天皇的照片顶礼膜拜，美国人是恶魔、野兽"的老师，竟然十分自然地开始说起完全相反的话来，并且也没有对我们做一些诸如以前的教育方法是错误的之类的交代。他们教我们说天皇也是人、美国人是朋友，是那么自然而然。

进驻的美国兵乘坐着几辆吉普车开入林木密布的山间小村落，那天，就在我们出生的地方，学生们摇着自制的星条旗用英语高呼"Hello"，站在道路的两旁，夹道欢迎了他们。我呢，从学校跑出来，跑到森林中去了。

从高处俯视山谷，小模型一样的吉普沿着河边的道路开进了村庄，如同豆粒大小的孩子们的脸虽然看不清楚，可是，他们的"Hello"喊声却听得真切，我流了眼泪。

从第二天早上起，一去学校，我马上就从后门出去直奔林子，一直到傍晚，都是我一个人度过。我把大本的植物图鉴带到林子里，在图鉴中寻找着林子里的每一棵树的名字和特性，并把它们一一记在心里。

我们家做着与林木管理有关的工作，我记下了树木的名字和特性，应该是对将来的生活有益的。林子里树木的种类实在太多了，这么多的树都有各自的名字和特性，我觉得十分有趣，简直着了迷。

我不打算去上学了，在森林里一个人对照植物图鉴记树木的名字，了解它们的特性，将来就可以靠这些知识生活了。再说，我很清楚，从心里喜欢树，对树有兴趣，能和我一起谈论它们的人，无论老师还是同学，一个都没有，那么我为什么还一定要去学校，学习一些和将来生活毫不相干的东西呢？

秋季的一个大雨天，我照常进了林子，雨越下越大，林子中到处流淌着从前没有的水流，连道路也坍塌了。天黑了，我没有走出林子，并且开始发烧。第二天，是村里的一个消防队员在一棵大的七叶树的树洞里面发现了昏迷的我，把我救了出去。

我回家以后，烧并没有退，从邻村来给我看病的医生说："我已经没有办法了，没有药可以治。"这话仿佛是有人在梦里和我说一样，我都听到了。医生放下我走了，可是妈妈，只有妈妈，对我没有丧失信心，一直看护着我。

有一天深夜，我虽然还发烧，却从长时间的昏迷中清醒。我躺在榻榻米上面，妈妈坐在枕头旁边盯着我看。

"妈妈，我会死吧？"

"你不会死的，妈妈在这样为你祈祷。"

"医生不是说这孩子没救了吗？我会死的。"

妈妈沉默了一会儿，对我说："你就是死了，我也可以再生你一次，所以，你不要担心。"

"可是，那个孩子和我不是同一个人啊。"

"不，是一个人。我会把你从生下来之后到现在看到的、听到的、读到的东西,做过的事情全部讲给新生下的你听。这样两个孩子就是一模一样的同一个孩子了。"

妈妈的话我好像没有完全明白,但是心里宁静下来,安安稳稳地睡觉了。从第二天开始我慢慢康复,到了初冬,我开始想上学了。

不论是在教室里上课还是在运动场上打战争结束后开始流行的棒球,我经常会有一个人发呆想事情的时候。现在活在这里的我,是不是发了高烧死去之后又被妈妈再一次生出来的孩子呢?我现在的记忆是不是由妈妈讲给那个死去的孩子所看到、听到、读到的东西和他经历的一切事情形成的呢?并且,是不是我继续使用那个死去的孩子的语言在想事情,在说话呢?

我还经常想,教室里、运动场上的孩子们是不是都是没有长大就死去的孩子呢?他们又被重新生出来,听到死去的孩子们的所见所闻,按照他们的样子替他们说话。我有证据,那就是我们都用同样的语言说话。

并且,我们是为了让这种语言完全成为自己的东西才来到学校学习的。不仅仅是语文,就连自然科学、算术也都是这一继承必需的。如果只是拿着植物图鉴和眼前的林木去对照，那么就永远不能代替死去的那个孩子，只能和他一样永远不能成为新的孩子。所以我们才都来到了学校，大家一起学习，一起做游戏。

现在我又想起了一件我成人之后发生的事情。

我的长子是个叫作光的孩子。他出生的时候头部异常，后脑勺有一个看上去和脑袋差不多大小的包。医生把它切了下去，并且尽可能使大脑不受影响地缝合了伤口。

光很快长大了，只是到了五岁还不会说话。相反呢，他对声音的高低、音色的厚薄特别敏感。比起人的语言，他首先记住的是许许多多鸟的叫声，而且他一听到鸟的歌声，就能说出鸟的名字来。鸟的名字，他是从唱片上学来的。这是光说话的开始。

光七岁的时候才上学，进入了特别班。集中在那里的孩子，身体上都有不同的残疾。有的总是要大声喊叫，有的不能安静，要不停地动，一会儿撞到桌子，一会儿掀翻椅子。从窗户望进去，看到光总是用手捂着耳朵，身体呈现僵硬的姿态。

于是已经是成年人的我又问自己孩童时期的那个问题，光为什么一定要去上学呢？孩子只懂得鸟的歌声，又喜欢父母教他鸟儿的名字。那么我们为什么不回到村子里面去？在林中盖个小房子，我按照植物图鉴确认树木的名字和特性，光听鸟儿的歌唱，妻子呢，就在一旁画我们的速写，这样的生活，有什么不可以呢？

解决了这个摆在我面前的难题的竟然是光。

光进入特别班之后不久，发现了一个和自己一样不喜欢噪声的小朋友。于是，两个人便总是坐在教室的角落里面互相握着对方的手，一起忍耐教室的吵闹。

不仅如此，光还开始帮助这个活动能力比他差的小朋友去上厕所了。能帮助小朋友做一些事情，对光来说，实在是种充满新鲜感的快乐体验。渐渐地，他们两个人开始在距离其他孩子远一点的地方摆上椅子，一起听广播里的古典音乐了。

又过了一年，我发现，超越了鸟的声音，人类创造的音乐开始成为光可以理解的语言了。他甚至能从播放过的曲子里面记下朋友喜欢的曲目的名字，而且回到家里还可以找到这张光盘。老师也发现这两个平时很少开口的孩子的语言之中，已经出现了巴赫、莫扎特的名字。

从特别班到养护学校，光是和那个孩子一起上的。在日本读完高三，特殊孩子的学校教育就结束了。毕业前夕，老师要为大家举行告别会，作为家长，我也去了。

在毕业典礼的宴会上，无数次听到老师说从明天开始不用上课了的光说："实在是不可思议啊。"光说完，朋友也说，是啊，真的不可思议啊。两个人都如梦初醒似的，静静的微笑浮现在脸上。

光从小跟着母亲学钢琴，这会儿已经可以自己作曲了。我根据他们的这段对话写了一首诗，光把它谱了曲，这就是后来的《毕业变奏曲》。现在对于光来说，音乐是他蕴藏于内心的深刻而丰富的东西，也是他将内心的情感向他人、向社会传达的唯一语言。这种语言是在家庭里发芽，在学校里发展成形的。不仅仅是语文，还有自然科学、算术、体操、音乐，这些都是深刻了解自己、与他人交流的语言。

为了学习这些，无论是什么时代，孩子都是要去上学的。我认定了。

○（法）法布尔

我研究花，研究虫子；我观察着，怀疑着；不是受到了遗传的影响，而是受到了好奇心的驱使和对大自然的热爱。

爱好昆虫的孩子

（法）法布尔 文

鲁冠 译

　　人们总喜欢把一切人的品格、才能、爱好等归功于遗传，好像人类所有的智慧都是从祖先那儿得来的。我并不完全同意这种观点。现在我讲讲自己的故事吧，来证明一下我对昆虫的爱好并不是从先辈身上继承下来的。

我的外祖父和外祖母从来没有对昆虫产生过丝毫的兴趣和好感。关于我的外祖父，我不大知道，我只知道他曾经历过相当苦难的日子。我敢说，如果要说他曾经和昆虫发生过关系的话，那就是他曾一脚把它踩死。外祖母是不识字的文盲，每天为琐碎的家务所累，没有什么闲情雅致去欣赏一些风花雪月的故事，当然对于科学或昆虫更不会产生兴趣。当她蹲在水龙头下洗菜的时候，偶尔会发现菜叶上有一条毛虫，她会立刻把这又讨厌又可恶的东西打掉。

因为我小时候家里很穷，所以在五六岁的时候，我就被送去乡下跟祖父母一同生活了。祖父母靠着几亩薄田维持生计。他们不识字，一生中从没有摸过书本。祖父对于牛和羊知道得很多，可是除此之外，对其他的东西就了解得很少了。如果他知道将来他家里的一个人花费了许多时间去研究那些渺小的、微不足道的昆虫，他会多么吃惊啊！如果他再知道那个疯狂的人正是坐在他旁边的小孙子，他一定会愤怒地给我一巴掌的。

"哼，把时间和力气花费在这种没出息的东西上！"他一定会怒吼。

我的祖母整天忙着洗衣服、照顾孩子、烧饭、喂小鸭、做乳酪，心里全是家务，一心为这个家操劳。

祖母喜欢坐在火炉边讲一些狼的故事给我们听。我很想见一见这只狼，这位在一切故事里使人心惊肉跳的英雄，可是我从来没有亲眼见过它。亲爱的祖母，我是始终深深地感激您的。在您的膝上，我第一次得到了温柔的安慰，使痛苦和忧伤得到缓解。你遗传给了我强壮的体质和爱好工作的品格，可是你的确没有给我爱好昆虫的天性。

我的父母对昆虫也没什么兴趣。母亲没有受过教育，父亲小时候虽然进过学校，稍稍能读能写，可是为了生活，整天忙得不可开交，再也没有时间顾及别的事情了，更谈不上爱好昆虫了。有一次当他看到我把一只虫子钉在软木上的时候，狠狠地打了我一拳，这就是我从他那里得到的鼓励。

尽管如此，从幼年的时候开始，我就喜欢观察和怀疑一切事物。说起童年，一件难忘的往事总会浮现在脑海中，现在说起来还觉得很有趣。在我五六岁的时候，有一天，我光着脚站在我们的田地前面的荒地上，粗糙的石子刺痛了我。我记得我有一块用绳子系在腰间的手帕——很惭愧，我那时常常遗失手帕，然后用袖子代替它，所以不得不把宝贵的手帕系在腰上。

我把脸转向太阳，那炫目的光辉使我心醉。这种光辉对我的吸引力相当于光对于任何一只蛾子的吸引力，甚至要大得多，当我这样站着的时候，我的脑海里就突然冒出一个问题：我究竟在用身体的哪一个部位欣赏这灿烂的光辉？是嘴巴，还是眼睛？请读者千万不要见笑，这的确算得上一种科学的怀疑。我把嘴张得大大的，又把眼睛闭起来，光明消失了；我睁开眼睛，闭上嘴巴，光明又出现了。这样反复试验了几次，结果都是一样。于是我的问题被我自己解决了，我确定我看太阳用的是眼睛，后来我才知道这种方法叫"演绎法"。这是一个多么伟大的发现啊！晚上我兴奋地把这件事告诉大家。对于我这种幼稚和天真，只有祖母慈祥地微笑着，其余的人都大笑不止。

还有一次在夜晚的树林，有一种断断续续的声音吸引了我的注意。这种声音十分优美而柔和。在寂静的夜里，是谁在发出这种声音？是不是巢里的小鸟在叫？还是小虫子们在开演唱会呢？

"哦，我们快去看看吧，那很可能是一只狼。狼的确是在这种时候出声的，"同行的人对我说，"我们一起走，但不要走得太远，声音就是从那一堆黑沉沉的木头后面发出来的。"

我就在那里等了很久,什么也没有发现。后来树林中发出一个轻微的响声,仿佛是谁动了一下,接着那个声音也消失了。第二天,第三天,我再去守着,大有不见真相不罢休的意思。这种寻根问底的精神终于获得了回报。嘿!终于抓到它了!它不是一只鸟,而是一只蚱蜢,我的小伙伴告诉我,它的后腿非常鲜美。这就是我守候了那么久所得到的微乎其微的回报。不过我所得意的倒不是那两条像虾肉一样鲜美的大腿,而是我又学到了一种知识,而且,这知识是我亲自通过努力得来的。通过观察,我知道了蚱蜢是会唱歌的。我没有把这发现告诉别人,为的是怕再像上次看太阳的事情那样遭到别人的嘲笑。

我家屋子旁边,长了很多很多好看的花。每天我都喜欢去看它们,我又在花园里看到了又大又红的樱桃。我尝了尝,味道没有像看上去的那么诱人,这究竟是些什么樱桃呢?夏天将要结束的时候,祖父拿着铁锹来,把这块土地的泥土从底下翻起来,从地底下掘出了许许多多圆圆的根。我认得那种根,在我们的屋子里面有许许多多,我们时时把它们放在煤炉上煨着吃。那就是马铃薯。普通得不能再普通的马铃薯。我的探索一下戛然而止,不过,那紫色的花和红色的果子永远地留在了我的记忆里。

我用自己对于动植物特别好奇的眼睛，独自观察着一切新奇的东西。尽管那时候我只有六岁，在别人看来什么也不懂。我研究花，研究虫子；我观察着，怀疑着；不是受到了遗传的影响，而是受到了好奇心的驱使和对大自然的热爱。

七岁时，我回到了父母的家里，因为到了必须进学校的年龄。可我并不觉得学校生活比我以前那种自由自在地沉浸在大自然中的生活更有意思。我的教父就是老师。那间我坐在里面学习字母的屋子，我该称它为什么呢？的确很难有一个恰如其分的名字，因为那屋子用处太多了。它既是学校，又是厨房；既是卧室，又是餐厅；既是鸡窝，又是猪圈。在那种时代，谁也不会梦想有王宫般美丽堂皇的学校，无论什么破棚子都可以被认为是最理想的学校。

在这间屋子里，一张很宽的梯子通到楼上去，梯子脚边的一个凹形的房间里有一张大床。楼上究竟有什么东西我不大知道。有时候我们会看见老师从楼上捧来一捆干草给驴子吃；有时候也会看见他从楼上提着一篮马铃薯下来，交给师母去煮猪食。我猜这一定是一间堆放物品的屋子，是人和畜生共同的储藏室。

让我们回过头来讲那间做教室的房间吧。这间屋子里唯一的一扇窗，是一扇朝南的窗，又小又矮。当你的头碰着窗顶的时候，你的肩膀同时地碰到了窗栏。这个透着阳光的窗户是这个屋子里唯一有生气的地方，它俯视着这个村庄的大部分。从窗口往外望，你会发现这是一个散落在斜坡上的村落。窗口下面是老师的小桌子。

对面墙上有一个壁龛，里面放着一个盛满水的发亮的铜壶，孩子们口渴的时候可以信手从这里倒杯水解渴。在壁龛的顶端有几个架子，上面放着闪闪发光的碗，那些碗只有在举办盛会时才拿出来用。

在光线所能射到的墙壁上，到处挂着各种色彩不协调的图画，最远的那垛墙边有一只大壁炉，左右是用木石筑成的，上面放着塞了糠的垫褥。两块滑动的板充当门。如果想独自静静地躺下睡觉，你可以把门关起来。这两张床是给主人和主妇睡的。无论北风在黑暗的窗口怎样怒吼，无论雪花在外面如何打转，他们一定在这里面睡得很舒服。其余的地方就放着一些零碎的杂物：一条三脚凳，一只挂在壁上的盐罐，一把铁铲，重得需要两只手一起使劲才拿得动，最后还有那风箱，就像我祖父家里的那个一样，风一吹，炉里的木块和树枝就烧起来。我们如果要享受火炉的温暖，每人每天早上就得带一块小柴来。

可是炉子并不是为我们生的，主要是为那三口煮猪食的锅子。老师和师母总是挑一个最舒适的位子坐下，其余的人却围着那大锅子，围成一个半圆形。那锅里不住地冒着热气，发出呼呼的声音。我们中胆子比较大的人会趁着老师看不见的时候用小刀挑一个煮熟了的马铃薯，夹在他的面包里吃。我不得不承认，如果说我们在学校里做了一些工作的话，那就是我们吃得很多。在写字的时候剥着栗子或咬着面包，似乎已经成为改不了的习惯了。

至于我们这些年纪较小的学生，除了享受满口含着食物读书的乐趣外，还有两件快乐的事情，在我看来不见得比栗子的味道差。我们的教室后门外就是庭院。在那里，一群小鸡围着母鸡在扒土，小猪们自由自在地打着滚儿。有时候，我们中会有人偷偷地溜出去，回来的时候故意不把门关上，于是马铃薯的香味便一阵阵地飘到门外去。外面的小猪闻到这香味，一个个循着香味接连跑来。我的长凳子，是年纪最小的学生们坐的，恰巧靠着墙壁，在铜壶的下方，也正是小猪们的必经之路。我每次都能看见小猪们快步地跑着，一边大声地呼叫着，摇着它们的小尾巴。它们用身体蹭我们的腿，把又冷又红的鼻子拱到我们的手掌里面找吃剩的面包屑。它们那细小的圆溜溜的眼珠子望着我们，似乎在问我们口袋里还有没有干栗子给它们吃。它们这样东窜西闻了一圈之后，就会被怒气冲冲的老师挥着手帕赶回院子里去了。

接着就是母鸡带着它的小鸡雏们来看我们了。我们每个人都会热情地剥一些面包来招待这些可爱的小客人，然后美滋滋地欣赏它们吃东西的样子。

在这样的一所学校里，我们能学到些什么呢？每一个年纪较小的学生手里都有——或者说，假定他们都有一本灰纸订成的小书，上面印着字母，封面上画着一只鸽子，确切地说，那只是一只很像鸽子的动物。封面上有一个十字架，是用字母按照一定的顺序排出来的。老师可能觉得这本书挺管用的，因此把书发给我们，并且解释给我们听。就因为这样，老师总是被那些年纪较大的学生缠着，没有工夫顾及我们这些小不点儿。他还是把书也发给我们，不过其作用只是为了让我们看上去更像学生而已。于是我们这些小不点儿就自己坐在长凳上读书，同时请旁边的大孩子教我们——如果他能认得一两个字母的话。我们的学习常常被一些无足轻重的小事打断，一会儿老师和师母去看锅里的马铃薯了，一会儿小猪的同伴们叫唤着进来，一会儿又是一群小鸡忙不迭地奔进来，我们这样忙里偷闲地看一会儿书，实在是学不到什么东西，得不到什么知识的。

大孩子们常常练习写字。他们的位置比较优越，能够借着从那狭小的窗洞透进来的光，并且他们前面还有那张全屋唯一的桌子。学校里什么设备都没有，甚至连墨水都没有一滴，所以每个人上学的时候都得自己带上全套的文具。那时候的墨水是装在一个长条的纸板匣里面的，里面分成两格，上面一格放鹅毛管做的笔，下面一格是一个小小的墨水池，里面盛着墨水，那时候的墨水是用烟灰和醋合成的。

我们的老师最伟大的工作就是修笔——然后在某一页的顶上写一行字母或是单字，至于他写什么字，依照各个学生的要求而定。看，当老师写字的时候，他的手腕抖动得多厉害啊！他的小拇指贴着纸，做好奋笔疾书的准备。忽然，老师的手开始运动了，在纸上飞着，打着转。看啊，笔尖所到之处展开了一条花边，里面有圆圈，有螺旋，有花体字，有张着翅膀的鸟……我们要他画什么，他就画什么，只要你喜欢，什么都有。这些画都是用红墨水画出来的。就是这样一支笔创造了一个个奇迹。面对这一个个奇迹，我们都惊得目瞪口呆。

我们在学校里读些什么呢？大概是法文吧，常常从《圣经》上记载的历史中选一两段来读读。拉丁语倒是学得比较多些，为的是使我们能够准确地唱赞美诗。

历史、地理呢？谁也没听到过这两个名词。地球是方的还是圆的，对我们来说有什么不同呢？方也罢，圆也罢，反正从地里长出东西来是同样的不容易啊！

语法呢？我们的老师从来不拿这个问题去为难自己，我们当然更不会了。

数学呢？是的，我们的确学了一点，不过还不配用那么堂皇的名字，我们一直称它为"算术"。

在星期六的晚上，通常总是用"算术"的仪式来结束这一星期。最优秀的学生先站起来把乘法口诀表背诵一遍，然后全班，包括最小的学生，依着他的样子齐声合背一遍。我们的声音很响亮，把偶尔跑进屋来想觅一点食的鸡和猪都吓跑了。

别人都说我们的老师是个很能干的人，能把学校管理得很好。的确，他不是一个等闲之辈，但他也确实不能称作一个好老师，因为缺少一样东西——时间。他替一个出门的地主保管着财产；他照顾着一个极大的鸽棚；他还负责指挥干草、苹果、栗子和燕麦的收获，在夏天，我们常常帮着他干活儿。在那个时候，上课才是一件有趣的事，因为我们常在干草堆上上课，有时候甚至就利用上课的时候清除鸽棚，或是消灭那些雨天从墙脚爬出来的蜗牛。这对我来说，倒是正中下怀。

我们的老师还是个剃头匠。他那双灵巧的手替我们的抄写本装饰"花边"，也为地方上的大人物剃头，像市长、牧师和公证人等等。

我们的老师又是个打钟的能手。每逢有婚礼或洗礼的时候，他总要到教堂里去打钟——那时我们的功课当然要暂告停止。暴风雨来临的时候，又可以给我们一天的休假，因为那时候必须用钟声来驱除雷电和冰雹，我们的老师责无旁贷地去敲钟了。

我们的老师还是唱诗班里的一员。我们的老师还管着村里教堂顶上的钟。那是他最引以为豪的工作。只须对着太阳一望，他便可以说出一个准确的时间，然后他爬到教堂顶上尖尖的阁楼里，打开一只大匣子，让自己置身于一堆齿轮和发条中间。这些东西的秘密，除了他之外，没有第二个人知道。

这样一所学校，这样一个老师，对于我那尚未充分表现的特点，将有什么影响呢？我那热爱昆虫的个性，几乎不得不渐渐地枯萎以至永远消失了。但是，事实上，这种个性的种子有着很强的活力，它永远在我的血液里流动，从来没有离开过我。它能够随时激发出来或找到滋生的养料，无时无刻不体现出来，甚至在我的教科书的封面上，也能显而易见地看出书的主人的爱好——那里有着一只色彩配合得不很协调的鸽子，它对于我来说，比书本里的ABC有意思得多。它的圆眼睛似乎在冲着我笑，它那翅膀我已一根一根地数过共有多少羽毛，那些羽毛告诉我怎样飞上天空，翱翔在美丽的云朵里。这只鸽子带着我飞到毛榉树上，我看到那些透着光泽的树干高高地矗立在长满苔藓的泥土上。泥土上长着许多白色的蘑菇，看上去好像是过路的母鸡产下的蛋。这只鸽子又带我到积雪的山顶上，在那里，鸟类用它们的红脚踏出了星形的足迹。这只鸽子是我的好伙伴、好朋友，它减轻了我整天背字母的压力。应该谢谢它，有了它做伴，我才能静静地坐在长凳上等候放学。

露天学校有着更大的诱惑力。当老师带着我们去消灭黄杨树下的蜗牛的时候，我却常常阳奉阴违，不忍心杀害那些小生命。当我满手都是蜗牛时，我的脚步便迟缓起来了。它们是多么美丽啊！只要我愿意，我能捉到各种颜色的蜗牛：黄色的、淡红色的、白色的、褐色的……上面都有深色的螺旋纹。我挑了一些最美丽的塞满衣兜，以便空闲的时候拿出来看看。

在帮先生晒干草的日子里，我又认识了青蛙。它用自己做诱饵，引诱着河边巢里的虾出来；在赤杨树上，我捉到了青甲虫，它的美丽使天空都为之逊色；我采下水仙花，并且学会了用舌尖从它花冠的裂缝处吸取小滴的蜜汁，我也体验到太用力吸花蜜所导致的头痛，不过这种不舒服与那美丽的白色花朵带给我的赏心悦目的感觉相比，实在是太微不足道了。我还记得这种花的漏斗的颈部有一圈美丽的红色，像挂了一串红项链。

在收集胡桃的时候，我在一块荒芜的草地上找到了蝗虫，它们的翅膀张得像一把扇子，红蓝相间，让人眼花缭乱。无论在什么地方，我都能源源不断地得到精神食粮，自得其乐。我对于动植物的爱好也自然有增无减，日益弥深。

最后，这种爱好促进了我对字母的认识。由于我太喜欢封面上的鸽子，早把封面后的字母丢到九霄云外去了，所以我的认识程度一直停留在初级阶段。一个偶然的念头使我的父亲把我从学校里领回家去，这才是我真正读书的开始。这回读的是印得很大的字，花了三角半钱买来的。那上面画着许多五彩的格子，每一格里画着一种动物，这些动物就用它们的名字和第一个字母来教我认ABC。第一个就是"驴"。在法文中，它的名字是Ane，于是我认识了A；牛的名字叫Boeuf，它教我认识了B；Canard是鸭子，于是我认识了C；Dindes是火鸡，它教我认识了D。其余的字母也是如此这般让我认识的。当然，有几格印得很不清楚，像那教我认得H、K和E的河马（Hippopotamus），雨燕（Kamichi）和瘤牛（Zebu）之类，不过没什么大碍。我进步得很快，不到几天工夫，居然能很有兴趣地读那本鸽子封面的书了。我已经被启发了，接着便懂得语法了，这激起了我对学习的浓厚兴趣，我的父母都为我的进步感到惊异。现在我能够解释那惊人的进步的原因了：那些图画把我引入一群动物中，这恰巧投合了我的兴趣。我心爱的动物们开始教我念书，而以后，动物永远成为我学习研究的对象。

　　后来，好运第二次降临到我身上。为了让我用功读书，我得到了一本廉价的《拉封丹寓言》，里面有许多插图，虽然又小又不准确，可是看起来的确很有趣。这里有乌鸦、喜鹊、青蛙、兔子、驴子、猫和狗；这些都是我所熟悉的东西，这里面的动物会走路会讲话，因此大大激起了我的兴趣。至于了解这本书究竟讲了些什么，那是另一回事了。不过不要担心，我试着把一个个音节连起来，慢慢地就知道全篇的意思了。于是拉封丹也成为我的朋友。

十岁的时候，我已是路德士书院（Rodez Colloge）的学生了。我在那里成绩很好，尤其是作文和翻译两门课都能得到很高的分数。在那种古典派的气氛中，我们听到了许多神话故事。那些故事都是很吸引人的。可是在崇拜那些英雄之余，我不会忘记趁着星期天去看看莲香花和水仙花有没有在草地上出现，梅花雀有没有在榆树丝里孵卵，金虫是不是在摇摆于微风中的白杨树上跳跃，无论如何，我是不能忘记它们的！

可是，忽然厄运又降临了：饥饿威胁着我们一家。父母再也没有钱供我念书了。我不得不离开学校。命运几乎变得像地狱一样可怕。我什么都不想，只盼望能快快熬过这段时期！

在这些悲惨的日子里，我对于昆虫的偏爱应该暂时搁在一边了吧？就像我的先辈那样，为生计所累。但是，事实并非如此，我仍然常常能够回忆起那只第一次遇到的金虫：它那触须上的羽毛，它那美丽的花色——褐色底子上嵌着白点——这些好像是那种凄惨晦暗的日子里的一道闪亮的阳光，照亮并温暖了我悲伤的心。

总而言之，好运不会抛弃勇敢的人。后来我又进了在伏克罗斯（Voncluse）的初级师范学校，在那里我能免费分到食物，尽管只是干栗子和豌豆而已。校长是位极有见识的人，他不久便信任了我，并且给了我完全的自由。他说，只要我能应付学校里的课程，我几乎可以随心所欲做自己喜欢的事情。而当时我的程度比同班的同学要稍高一些，于是我就利用比别人多的空闲时间来增加自己对动植物的认识。当周围的同学们都在订正背书的错误时，我却可以在书桌的角落里观察夹竹桃的果子、金鱼草种子的壳，还有黄蜂的刺和地甲虫们的翅膀。

我对于自然科学的兴趣，就这样慢慢地滋长起来了。在那时候，生物学是被一般学者所轻看的学科，学校方面所承认的必修课程是拉丁文、希腊文和数学。

于是我竭尽全力地去研究高等数学。这是一种艰难的奋斗，没有老师的指导，碰到疑难问题，往往好几天得不到解决，可我一直坚持不懈地学着，从未想过半途而废，而终于有所成就。后来我用同样的方法自学了物理学，用一套我自己制造的简陋的仪器来做各种实验。我违背了自己的志愿，把我的生物学书籍一直埋在箱底。

毕业后，我被派到埃杰克索书院（Ajaccio College）去教物理和化学。那个地方离大海不远，这对我的诱惑力实在太大了。那包蕴着无数新奇事物的海洋，那海滩上美丽的贝壳，还有番石榴树、杨梅树和其他一些树，都足够让我研究好久的。这乐园里美丽的东西比起那些三角、几何定理来，吸引力大得多了。可是我努力控制着自己。我把我的课余时间分成两部分：大部分时间用来研究数学，小部分的时间用来研究植物和搜寻海洋里丰富的宝藏。

我们谁都不能预测未来。回顾我的一生，数学，我年轻时花费了那么多时间和精力去钻研，结果对我却没有丝毫的用处；而动物，我竭力想方设法地回避它，在我的老年生活中，它却成了我的慰藉。

在埃杰克索，我碰到两位著名的科学家：瑞昆（Rrguien）和莫昆·坦顿（Moquin Tandon）。瑞昆是一位著名的植物学家，而莫昆·坦顿教了我植物学的第一课。那时他因为没有旅馆住而寄住在我的房子里。在他离开的前一天，他对我说："你对贝壳很感兴趣，这当然很好。不过这样还远远不够。你应当知道动物本身的组织结构，让我来指给你看吧！

这会使你对动物的认识提高到一个新的水平。"

他拿起一把很锋利的剪刀和一对针，把一只蜗牛放在一个盛水的碟子里，开始解剖给我看。他一边解剖，一边一步步地把各部分器官解释给我听。这就是我一生中所得到的最难以忘怀的一堂生物课，从此，当我观察动物时，不再仅仅局限在表面上了。

现在我应该把自己的故事结束了。从我的故事里可以看出，早在幼年时期，我就有着对大自然的偏爱，而且我具有善于观察的天赋。为什么我有这种天赋？怎样才会有？怎样才能一直保持下去？我自己也说不清楚。

无论是人还是动物，都有一种特殊的天赋：一个孩子可能有音乐的天赋，一个孩子可能在雕塑方面很有天赋，而另一个孩子可能是速算的天才。昆虫也是这样，一种蜜蜂生来就会剪叶子，另一种蜜蜂会造泥屋，而蜘蛛则会织网。为什么它们有这种才能？天生就有的，除此之外，就没有什么理由可解释了。在人类生活中，我们称这样的人才为"天才"；在昆虫中，我们称这样的本领为"本能"。本能，其实就是动物的天才。

PART 3
爱的手记

我又一次无条件地相信他

○（美）特瑞·约翰逊

当家长最好的方式是给她信任。

我把她送到可以让她施展拳脚的地方

（美）特瑞·约翰逊 文

刘溢 译

2008年8月8日，北京奥运会开幕的日子，我看到我十六岁的女儿肖恩和近六百名美国运动员一起走进会场。

当时，我的脑子里回想起第一次带肖恩去我家附近的市体操班报名的情景。那时，她才三岁，我从来没有想过她会走得这么远。

有人问我，培养一个奥林匹克运动员都要做哪些工作？

我不认为我和大多数的父母有什么不同。肖恩的生活起居和其他所有孩子一样。如果有什么不同的话，那就是肖恩帮我成为一位好妈妈。

看到今天的肖恩，真是难以相信她在出生的时候差一点儿就出不了产房，脐带绕颈很严重，医生说这是一次侥幸脱险。然而，肖恩并未因此发育迟缓。她九个月就蹒跚学步，自己爬进柜子里去找玩具。两岁时，她在屋子里跑来跑去，摔破了头，缝了好几针。她精力十分旺盛，我希望能找到一个安全的方式来疏导她的精力。于是，我们送她进摔跤班，后来又是舞蹈班，她都觉得不好玩。有一天，我走进厨房，正好看到肖恩从餐桌上往她爸爸的怀里跳，这突然唤起了我的一个想法：我该让她去学体操。这比较对她的路，肖恩喜欢在高台上跑、跳、跨越、攀登。我想，如果她摔下来，至少体操班里有很多垫子摔不坏她。

进体操班的第一天，我站在旁边看着她，她在平衡木上从这头跑到那头，兴奋异常。

我把她送到可以让她施展拳脚的地方，这一点我做对了。

肖恩在体操班里让老师发疯。当大家坐下来的时候,她跑到平衡木上去了。当别人逐个练习的时候,她总跑到队伍前面去抢着练习。老师总是吼她:"肖恩,回来!""不行,肖恩,到后面排队去。"

肖恩六岁那年,我们选择了一所新的体操学校。这是一个小规模的培训班,学生不是很多。教练乔问肖恩:"你喜欢体操吗?"她点点头。"你最喜欢什么项目?""平衡木。"肖恩回答。他们俩一直在交谈。我当时感到惊讶,他们俩怎么这么合得来。肖恩做了一个平衡木的转体动作。她太慌张了,越线了,我直摇头。但是教练没有责怪她,反而笑起来:"我喜欢她的力量。这是从事这项运动必备的条件。"教练谈了一些自己的情况。20世纪80年代,他为中国国家队比赛,后来移居美国,在爱荷华州立大学当体操教练。根据他的技术和经验,他看到了肖恩身上的潜力。他要不断用新的挑战来保持她的兴趣。肖恩跟着教练的第一周就学会了后空翻。我惊喜地说:"没想到你能做后空翻!"肖恩笑着回答:"我也没想到。"

教练乔把肖恩放在少年班高级组,这意味着更大的竞争。我开始有些迟疑,因为看到有些女孩子赢不了就信心崩塌，我不希望肖恩也这样。她第一次参加比赛，我坐在看台上看到她和那些比她大、有经验的孩子站在一起，显得那么小、那么矮。我担心她永远跟不上人家。别的女孩子轻松自如地表演翻腾和跳跃，肖恩勉强可以离开地面。

她的每一步、每个跳跃，都充满了热情，但是，裁判认为她落地不稳而扣分，技术难度分也给得可怜。即便如此，观众们喜欢她精神饱满的样子，用掌声和欢呼声鼓励她。肖恩最终排名第12位。我有些不安，并不是说我不为她感到自豪，她同那些比较有经验的女孩子相比，已经做得很好了。我担心的是，她会不会因为这样的结果而气馁。但肖恩说："我觉着好玩！"并且自豪地显示她的第12名绶带。她一点受挫的感觉都没有。

肖恩十二岁时被邀请参加美国青年队。日程安排得很紧张，特别是健身房以外的活动。她每晚花两个小时写作业；还要参加文学会，坚持写作文和诗歌；还去动物收容所当志愿者，帮着照料狗。一天下午训练课之前，我发现她在自己房间里掉眼泪。她说："我不想去了。"我问："你是怎么想的呢？""我不知道自己能不能坚持下去。"我坐在她身边抱着她说："你并不是非去不可的。"她说："教练会对我失望的，队里的伙伴们也会失望的。"我明白她接着要说的是："您也会对我失望的。"

好多天来，我一直担心她事情太多、太累，眼下是她退下来的好机会，但是，我不能做决定。体操已经不再是我引导她释放精力的渠道和方法，而是她生活的一部分。这要她自己来选择，而不是我。我对她说："你是在为自己练体操，你要弄明白的是，你决定退出是因为你想退出，而不是因为你今天的情绪很糟糕。你去与不去，我都会支持你。"她擦干眼泪，给我一个大大的拥抱，说："谢谢您，妈妈。"

肖恩十三岁时，第一次有资格参加在比利时举行的国际比赛。比赛这天，我和她爸爸坐在观众席上，十分紧张。肖恩和队友们走进会场，她的眼睛向观众席张望，看到我们就使劲儿挥手。我感觉女儿真是长大了。比赛即将开始，我的心在狂跳。八十几斤的肖恩弹跳起来，在高低杠上翻飞，在10厘米宽的平衡木上翻腾、倒立，每一个动作都让我屏住呼吸。她看上去泰然自若，聚精会神。我倒有点犯迷糊：这还是我那个让人牵挂的女儿吗？我摇摇头。让我惊讶的是，肖恩以新的高度飞过鞍马和高低杠，从器械上翻转着跳下来，这些器械比我们家的餐桌高多了，并且没有她爸爸接着她，但我能肯定她会安全落地。肖恩第一次参加跳马和自由体操比赛，就取得了好成绩，在全能比赛中也取得了好成绩。

这并不意味着我不用再为她担心。我仍然要操心，我不会让她晚睡一个小时，即使她在北京赢得金牌也要按时休息。但是，我女儿让我明白了一件事，那就是当家长最好的方式是给她信任。肖恩是有天赋的，我要做的只是在她身边帮她好好发挥她的天赋。

○ 时光

一个优秀的人不是因为智商有多高，而是有一个非常明确的目标并懂得如何排除万难去实现它。

我又一次无条件地相信她

时光

我想现在也可以说说我女儿了,我的女儿1998年9月生,到目前她收到了多伦多大学、纽约大学、弗吉尼亚大学、加利福尼亚大学圣迭戈分校、波士顿学院、维克森林大学、卫斯理大学这七所学校的录取通知书,至此她的基础学业算是完成了,虽然录取的学校没有达到她的预期(常春藤校),但是她的成绩已经证明了她完全有这个实力:托福,114;

SAT 拼分，2310；AP，已经过了六门。

在我太太怀孕的时候，我们就进行过一次以后孩子教育的问题的探讨，最后形成了一些基本共识：教育孩子分两部分，家庭教育和学校教育。家庭教育以培养良好的习惯、树立正确的人生观、锻造优秀的品格为主，学习文化知识以学校教育为主。家庭教育父母进行分工，我主要负责孩子性格、习惯、品格等方面的教育，孩子妈妈主要负责生活日常、为人处事等方面的引导沟通。另外尽可能不让老人来带孩子、教育孩子，还有就是其中一方在教育孩子的时候，另一方绝对不能插手，更不能去替孩子袒护，再一个，无论何时自始至终要提醒孩子安全第一！（这一点最重要！）

孩子出生以后，我们克服了重重困难，始终坚持我们自己照顾孩子，从小我们就要求她尽自己所能去完成自己的事，记得她刚学会走路不久，晚上就会自己起来上厕所，在床边放了个塑料小方凳，她自己踩着小方凳上下床去上厕所（小痰盂），这就是培养孩子独立自主能力的开始。

由于家庭教育主要培养孩子的德行，在这些方面我们都会严格要求她，慢慢地，她自觉地养成了一些好习惯，比如回家先完成作业，睡前看书等。也比如在守时和承诺方面，印象特别深的一次，从幼儿园回家，做完老师布置的作业后，她说约好了其他小朋友去大院玩，我们告诉她六点钟之前必须回家吃饭，她说好，六点差五分时她准时地回到了家。

出门外在，她特别喜欢认路牌和广告上的字，只要有不认识的就会问，我们也不厌其烦地去教她，慢慢地，她认识了很多字，之后也开始喜欢上了看书，看的书也越来越多。记得她上幼儿园小班的时候就能给爷爷奶奶读报纸，把奶奶惊得合不拢嘴，不会读的字就很认真地问，我们家人也会很认真地给她解释，到孩子幼儿园毕业的时候，已经看完了很多小学阶段应该看的书。

有时候暑假寒假正好遇到我要去一些部门去办事，比如说工商、税务部门，我都会带着她，她会问一些问题，我也会跟她解释为什么爸爸要去交税，交了税都是干吗用的，虽然她不一定懂，但我觉得孩子以后需要有大局观，从小有点概念也不错。这里就要说说我的一个观点，如果想要你的孩子在同龄人中脱颖而出，你就得把她看成大几岁的孩子来沟通和教育。

在这个阶段，我们也像其他家长一样，希望能培养孩子一些兴趣爱好，送她去各种兴趣班，什么舞蹈啊，主持人啊，英语啊，还有乐器，她都是根据自己的喜好选择要上什么兴趣班，我们也认为要让她接触过了才知道自己喜欢不喜欢。后来接触了钢琴，她似乎很感兴趣，要学，我们就先带她去音乐学校上了几节课，再问她自己的意见。她说选好了，就喜欢钢琴。我就告诉她，学钢琴很辛苦。老师也告诉她在某一个阶段特别辛苦，要是怕累就别学。我开玩笑地说，钢琴很贵啊，买了就必须坚持下去，这可是你自己的选择。孩子考虑了一下说决定了就要学钢琴，我们就尊重她的意见买了钢琴，果真后面有一个阶段很辛苦，她练得掉眼泪，有时候不想练，我们也不强求她，只是提醒她当初她自己的承诺，她擦了眼泪继续练，不过这期间我们给她的观念是学钢琴主要是为了提高她自己的素养，并不是要拿钢琴当专业。就这样她愉快地练到了六年级，考了钢琴十级，到现在还一直练着。

她开始上小学了，我们先去的是一所孩子有条件去的公立学校，在当地也属于较好的小学，去了后我们发现这个学校每个班的孩子在50人以上。我觉得小学阶段是孩子特别爱表现、更需要被关注的阶段，这么多孩子，老师不可能关注每一个孩子的情况，所以我们决定给孩子找一个小班化的学校。经过了解，我们把孩子送到了一所私立小学，费用也不算高（小学六年赞助费1.6万，每年学费在3000左右），这个学校每个班基本上就25个学生，事实也证明我们的选择不错，老师很负责，基本都能注意到每个孩子的变化。

由于我家孩子的基础不错，在学校表现得非常优秀，不光是学习成绩，各方面的综合素质也表现很好，在她一年级的时候，市里搞了一个优秀母亲评选，学校的老师直接把孩子她妈妈推选上去了。后来发现其他学校推荐的优秀母亲，都是五六年级的大孩子的妈妈，而且这些孩子都获得过各种各样的奖，这个我们真的自叹不如。

因为孩子提前自学了许多内容，到了二年级，学校老师建议孩子直接跳级到三年级，孩子学习方面的事，我们都是比较尊重老师的意见，就让孩子上了三年级。开学后，老师发现孩子还是太轻松，上课不太认真，老是容易走神，于是就跟我们商量是不是给她加点压力，我们就鼓励她写日记写作文，就这样慢慢地调整了过来，她在写作方面也提高了很多。我记得当时跟孩子一起完成过一篇小论文，题目大概是《责任》，我也想趁这个机会让孩子有个明确的目标，大概内容就是每个人每个阶段必须承担的责任，让她知道学生阶段的主要责任就是学习，父母亲的责任是工作为社会做贡献，是抚养、呵护她成长，是照顾好家里的老人，让她知道父母亲的责任和压力远比她大，这样她就会更懂得该去努力。

到了她四年级，因为工作的原因，我们要去日本几年，有很多人劝我们把孩子留在国内上学，否则以后会跟不上什么的，我们坚决否定，我们一定要带着她去看看外面的世界，这几年的经历我想会远远超过她在学校学到的东西。为了去日本后不会被当地的孩子欺负，我带她去学了半年的跆拳道，锻炼她的勇气，后来又证明这是正确的，我可不想我的女儿遇到事情只会哭鼻子。我们也不用纠结要不要再跳级了，带着她直接去了日本东京。

去了以后，我们又面临两个选择，一个是去有很多华人孩子的类似的国际学校，一个是就在居住地小学校上学。孩子没有一点日语基础，我们问孩子自己的意见，她没有考虑就选择在居住地小学上学，她说这样更能快速地学会日语。她去了学校，学校的老师也是非常好，邀请了一个学生的华人妈妈陪着我孩子上课给当翻译。过了一节课，孩子就跟老师说不要这个阿姨当翻译了，她自己能想办法跟小朋友们沟通，然后孩子靠着几个英语单词、几句日语还有手势就跟同学们混得风生水起。

不到三个月,她的日语已经很流利了,跟同学、老师交流基本没有障碍。就这样,在日本的小学念了三年多非常简单的书,在快离开日本的时候,一位日本老太太和她聊天,说希望她以后做个中日友好的使者,结果孩子一脸认真地说"我就是这样想的"。

我经常说那些一天到晚批评中国教育不行、批评中国孩子不行的人是无知,说真的,那是你自己不行!

从日本回来后,我们重新找到孩子原来上的那所小学,希望能让孩子继续回去上一年六年级,她原来的同学都上初中了,幸好我孩子是早一年上学又跳了一级,回国后重读一年没问题,由于在日本的几年中文丢了不少,孩子在语文写作方面明显有些弱,我们就提醒她自己应该适当地加强一下。到了初中,孩子上了一所不错的中学。这所中学学生非常多,年级有12个班,我就跟孩子沟通,到了初中,那么多孩子在一个平台竞争肯定很激烈,你先去适应,无论排多少名都不要有负担,我们不在意,只要你自己觉得努力了就行。孩子很淡定,说:"没事的,我能赶上。"

初一结束,孩子果然没问题,在级部基本稳定在前50

左右，我们从来不主动去问她考得怎么样或者排多少名，都是她爱说就说，不说就不问，我们也算是心比较大的那种家长，只要孩子安全心理健康开心就行。

然而到了初二，我们突然发现孩子开始有一些不一样了，似乎进入了叛逆期，孩子的性格变得暴躁了一些，我们跟她沟通越来越困难，她也不再像从前那样什么事都爱跟妈妈说，变得沉默寡言。我开始担心了起来，也渐渐地失去了耐心，变得不那么淡定了。因为我知道这个时期可以说是孩子的转折点，如果控制不好，孩子就容易自暴自弃或者对自己失去信心，我们就开始找那些孩子比我们大的朋友去取经，也在网上查各种资料，希望能找到一个好的解决办法，然而每个孩子总归都有自己的个性，不是哪种方法能够绝对有效。

在这期间，我记得有一次因为一点小事，我跟孩子爆发了激烈的冲突，我也表现得极端暴躁，就差没动手揍她了。等第二天冷静了下来，我跟孩子进行了一次深刻的谈话，我告诉她，作为父母，我最大的愿望是她以后的生活能幸福快乐，在这基础上能为社会做点力所能及的贡献那是最好。至于她从事什么工作或者有什么成就，那都是她自己的目标，我们作为父母没有这个权利和能力来替她完成。但是我告诉她，从我们自己这些同学的经历来看，初中这个阶段是人生的分水岭，决定每个人这一生的大概走向，如果你有自己明确的目标想要去实现它，那么现在开始你就得规划好，如果你觉得你没有什么目标，只想轻松地生活，那也是个不错的选择。如果觉得现阶段学习太累了，也可以提出来休学一段时间，我们都表示同意，但是你必须得为自己的这个决定负责。我让她可以请假几天好好地考虑清楚再给我们一个决定就行，我们会充分尊重她的决定。之后她没有告诉我们她的选择，但我们相信她给了自己一个决定。

就这样跌宕起伏地到了初三，我记得有一次她跟我们聊起高中的目标，她说目标只有一个，就是考上本地的二中，就目前的成绩，自己觉得有点悬。我开玩笑地说，别人说差几分可以找找关系或者多交些钱，能进去，但是我告诉你啊，爸爸没有这个关系也没这个钱，所以说，你考什么成绩能进什么学校就去哪个学校，爸爸是绝对不会帮到你一点。当时孩子没说什么，后来才告诉我说，就知道我真的会这么做，所以必须得靠她自己去努力。中考成绩出来，她果然做到了，没有任何加分，超过了分数线10多分考入了二中，她当然非常开心，我们也一样。

这个中学在素质教育方面非常不错，孩子的性格很适合去这个学校，不是那种靠拼命做题堆出来的成绩。开学之前我们又进行了一次谈话，提醒她这个平台更加高了，能进去的每一个同学都是非常优秀的，在这个平台，她是属于成绩一般的学生，需要继续努力。孩子自信满满地说："你们放心，就是最后一名进去，我也会做到成为最好的一批出来。"我们相信她，孩子从来没让我们失望过，每一次她都能达到自己既定的目标，我们相信她对自己的那份自信。

高中阶段都比较平稳，孩子的心智成熟一些了也稳定了，但是这个阶段是情窦初开的年纪，很容易受外界的影响，开始特别注重外在的东西，而且手机占用的时间也多了，我注意到了后跟她妈妈商量，由她妈妈负责跟她沟通关于男女生交往方面的事，我只跟孩子简单地交谈过一次，几句话："在青春期如果说对异性没有感觉，那是不正常，没有过恋爱感觉的青春是不完整的，但爸爸给你一条底线，那就是绝对不能因此伤害到自己的身心，在这底线之上快乐地去享受属于你自己的青春年少时光。"另外，由于我觉得手机占用了她过多的时间，就找她专门做了一次关于欲望的讨论。每个人都会有各种各样的欲望，有对物质的要求，有对美的追求，有打游戏时的那种兴奋的体验，等等，但是人的精力是有限的，过多的欲望追求必定会分散人的精力，我希望她能学会控制住自己的欲望，了解自己内心现阶段最强烈的欲望，然后去实现它，其他的最好是控制住，控制欲望是非常困难的一件事，所以我觉得用最强烈的欲望来克制其他的小欲望相对容易一些。

就这样，孩子马上就做到了，游戏照样打，只是说放下就能放下，学习紧张的阶段，她周天晚上去学校前就把手机放家里，周五回家了再拿起来玩，完全做到了收放自如。看到这样，我也就完全放心了，从不干预她用手机的自由。

高中期间，她利用暑假假期参加由大学生组织的暑期支教活动，发起成立一个助学基金会，关爱贫困地区的学生，为他们募集资金购书，并组织成员去为贫困地区孩子上课；参加自闭症孩子的志愿者活动；每年组队参加全国高中生英语辩论大赛。她还组建了二中女子篮球队，自任队长，第一次带队参加比赛就得了市里比赛的季军。在2015年8月，为了了解缅甸北部的战争难民的生活状况，她希望能实地去做个调查。一开始我们还是非常犹豫，毕竟在战乱的地区极度不安全，我不能在无法保证她百分百安全的前提下贸然同意前去。后来经过多方的协调落实，我陪着她深入了缅甸北部地区，飞到昆明，从昆明开车经保山到腾冲，过边境到甘拜地，从甘拜地到密支那，这一路的艰辛和危险也只有我们自己能体会，女儿在这期间表现出的勇敢和适应能力真的让我感动和佩服，我真的很欣慰！我的女儿长大了！从缅甸回来，我相信她收获的不仅仅是一次经历，而更多的是一次人性的升华和对一些大局的认知。

由于自身的生活经历，孩子慢慢地开始喜欢国际关系，并希望能出国留学，在与我们沟通之后，我们决定支持她的这个想法，并一起为她规划。她的目标是到最好的大学去学国际公共关系专业，希望以后能从事外交方面的工作。对于出国学习，她绝不是单纯的就是想去国外见识一下那么简单，她去就是为了学习，所以她给自己定了很高的目标，虽然没说，但我知道她是奔着最好的专业去的。除了照顾好、配合好她，我们真的什么都帮不上，只有默默地关心、呵护她的日常，在选择报考大学等问题上，我们也只是提供一些参考意见，最终都由她自己决定。

由于她的英文基础扎实，在高一下半学期的时候参加了第一次托福考试，成绩是107，高二参加了第二次考了114，参加了两次SAT考试，拼分成绩到了2310，还参加了AP课程考试，过了六门，日语考级也已经通过了最高的N1，法语在自学中。孩子开玩笑地跟我说，已经替我省了好几千美金了。她的这些成绩基本够任何一所大学的录取线了，但是在录取的时候因为各种因素的影响，她没有被预期的大学录取。在稍微失望了几天后，她又信心满满地告诉我说，没关系，本科再努力吧，到时候考研一定能上自己最心仪的学校。我又一次无条件地相信她可以做到，这就是我的女儿。

说了这么多，一方面也算是在教育子女方面的一点心得总结，另一方面我想说的是，一个优秀的人不是因为智商有多高，而是有一个非常明确的目标并懂得如何排除万难去实现它。

○ 一念

父母内心有原则有底线,就要一直坚持这种原则和底线。

请温和坚定地对你的孩子吧

一念

有人问,作为孩子的父母,一个唱黑脸,一个唱红脸,是否好?

先表明我的观点:父母一个唱黑脸,一个唱红脸,是很不合适,且没有必要的。

我们幼儿园原来曾经有这样一个家庭,爸爸非常严厉,说一不二,基本不商量,母亲很柔和,习惯迁就孩子。大概这就是"一个唱红脸,一个唱黑脸",然而这个孩子问题很多。

这个孩子在父亲面前极其乖顺,对父亲任何要求立即执行,即使有些要求过于严苛。

而在母亲面前,这个孩子极其固执,母亲说什么,他基本不听,为所欲为。

所以,他是否听话,完全取决于父亲是不是在场。如果父亲在场,他就是乖宝宝;父亲不在场,他就各种闹腾。他在父亲那里过度乖顺,所造成的压力,很多时候都释放到母亲身上,我不认为这种模式有什么地方好。

之所以很多人推崇这种一个黑脸、一个红脸,最根本的原因在于,这些父母没有认真地思考过教育,也不清楚,对待孩子最好的态度是"温和而坚定"。

拿出耐心,温和地对待孩子,和孩子建立关系,让孩子对你有亲近感。一岁多点的孩子,多陪他,爱抚他,藏在妈妈身后跟他玩躲猫猫的游戏,都可以。再大一点,三五岁,你可以关心他画里画了什么东西,周末去哪里玩过了,你也可以加入他的游戏,跟他赛跑之类的。到了六七岁,你可以关心他喜欢的形象——奥特曼或者女王艾莎,白雪公主之类的，让孩子感到你是安全的、关心他的。这非常重要。

同时，内心要非常有原则，有底线，知道孩子可以做什么、不可以做什么。

其实，很多父母没弄清楚什么是"自由"，在孩子一两岁或者三四岁的时候，想吃饭就吃饭，想不吃就不吃，想出去玩就出去玩，想不出去就不出去；到了六七岁，又突然要把孩子管得很严，不听话就打，这样孩子当然很不舒服。

真正的"自由"是一个逐渐放开的过程，小孩一两岁的时候，脑子还不是很清楚，你让他决定是什么意思？他根本不知道做了决定会有什么样的结果，也承担不起结果。所以，"自由"和责任是一体的。他能负多大的责任，就能有多大的自由。

比如，一岁半小孩想吃冰棒，吃完了可能拉肚子，他不一定能把拉肚子和吃冰棒联系起来。而且，他那么小，拉肚子会造成多大的伤害不明确。所以，大人就不必给他吃冰棒的自由。因为他无法为自己的身体负责。可是，如果是一个七岁的孩子想吃冰棒，就可以告诉他，如果拉肚子了，要吃药，自己负责。

这是一个逐渐放开的过程。两岁孩子可以决定自己要不要穿鞋，五岁孩子决定如何使用自己的零花钱，九岁孩子决定周末全家去哪里郊游，并且准备所需的点心和水等杂物。父母内心需要很坚定，孩子可以决定什么，不可以决定什么。对原则和底线内心要清楚。

比如睡觉这种必须听从父母的事情，夜里九点上床睡觉，父母内心就要很坚定。九点钟的时候，去跟孩子说要睡觉了，如果孩子有些事还没做完，可以同意延长十分钟。但是九点十分，父母必须把孩子带到床上，关灯睡觉。不管孩子哭闹还是找各种借口，都必须让他在床上。可以在他哭闹时搂着他爱抚他，但不能让他去做别的事情。这时，内心要很安静，不要害怕孩子哭闹或挣扎，也不要因为困难发火。坚信自己的原则，轻松些，静静地搂着孩子，也可以在孩子的额头吻一下，但是切记，话不要多，少讲道理。

"坚定"是一定要长期执行的，要形成习惯。父母内心有原则，有底线，就要一直坚持这种原则和底线。

孩子可能因为不愿穿厚衣服在地上打滚，也可能因为没冰棒吃哭两三个小时，只要你下了决定，就不管他怎么做，把你的决定坚持下去。日复一日，年复一年，你的内心始终有原则，孩子也会长成内心有原则且自制力强的大人。因为他知道，耍赖哭闹都没用，该做的始终要做。

○ 陈子寒

只要你开心,我就觉得生活是多么美好。

"如果你有一颗钻石呢？"

陈子寒

"老爸，告诉你一件大事，我把我的公司改名字了。"朵毛兴奋地说。

"哦，改成啥了？"我问。

"改成 JY 了。"朵毛说。

"呃，不好意思，我忘了你的公司以前叫啥了。"

"以前不是叫 JJJ 嘛，也就是三 J，呵呵，现在有人模仿我,我得换个新的……"

"哦……"

这是一天中最惬意的时光,和朵毛一起散步,拉着他的手,或搂着他的肩,或者只是并排走。听他讲"他的公司"——应该是"工作室"的意思,他中动画片的毒太深,比如"皮克斯工作室""宫崎骏工作室"一类……有时他会走得很快,把我远远地甩在后面,那我就必须大声叫嚷,假装生着小气:"你咋不等我呢?"朵毛就会停下来,但仍然沉浸在自己的想象中,不和我搭话……

就是这样,多半时候,他是独立而全然的,我只是他的随从,无法进入他的频道。和前些年一样,他仍然瞎编些不着调的连续剧,自说自话,浮想联翩。只有当他需要听众,想要倾诉并获得认可时,我才对他有用。

有时我也会使些心眼儿,制造些话题,挖些坑给他。比如"今天我发现一个秘密……",他马上被吸引了,期待着。可是,我哪有什么秘密,我也是临时瞎编的,有时会得逞,比如把某个美剧加油添醋投其所好,他便会追着要我一直讲下去,哪怕讲累了,也不肯罢手。但多数时候他会说"没意思,无聊",然后就抛下我,又回到他自己的故事里……

说真话，我特别想和他交流，像别的孩子一样，一回家就聊学校的事情，聊对老师的看法、对课堂的感受。可是朵毛嫌这些太"现实化"了——这是他的语言，类似的还有"古老化""普通化"等。朵毛仍然更喜欢"超现实"的。

小区外有个报亭，有天下午我从外面回来，报亭老板老远就举着一本画报朝我大喊："喂，给你儿子把这个带回去吧。"我弄明白后，没拿，让他放着，等朵毛放学后自己去取。对朵毛来说，每周定时去报亭买画报，是他仅有的"社会实践"。十岁了，终于可以独自出门干自己的事了，这事对别人可能不算什么，对朵毛来说，是个了不起的成就。我为他感到高兴。

作为一个事爹，只要有一丁点的新发现，我都希望和朵毛分享。比如两周前我突然从自家装米的塑料桶里发现了米虫，这大概算不了什么发现（尽管我实在不知道为何会有这么多米虫），但我还是觉得欣喜。等朵毛一进屋，我就像煞有介事地要他来抓米虫。我们一起抓了半小时，差不多把米虫都抓完了。没想到，昨天下午，我去淘米时，又发现了一只蛾子，仔细一看，哇塞，桶盖子的凹槽里趴着好几只虫蛹。好家伙，赶紧又留着，等着朵毛回来忙乎一下……

是的，我总是对城市生活有偏见，总觉得乡村和山野对童年更重要。朵毛那么爱幻想，我希望他也能接些地气，把根扎进泥土里，学着了解一点大地上的事情。所以我总念念不忘借抓米虫来期待他对"动物学"发生兴趣，甚至恨不得给他布置一个"研究任务"，要他去查证一下米虫的"前世今生"……但我从未得逞过，因为朵毛没兴趣，只要他熟练地说出那句"没意思，无聊"，我就再也找不出什么理由来要求他。所以，他还是活在自己的世界里的，我既不是他的朋友，也不是他的老师，我就是他老爸。所以，搞不清啥时候起，我也开始叫他"儿子耶"——后面一定有个"耶"，不然叫着不爽，没味道，不过瘾。呵呵。当然，偶尔我仍然喜欢在心里把朵毛叫作"梦中人"，因为他多半时候是做着梦的，从好久好久以前就是这样子的……

其实我怕的就是他失去做梦的能力，如果可能，我希望他把梦做得越长越好。有时我觉得，我自己的这个想法兴许也是个梦，这个梦是无法准确描述的，也用不着向谁描述，我时刻感受着他，仿佛他是长在我心里的另一个孩子，甚至更疯狂，更跳跃，更爱做梦……这让我惬意和欢喜，让我和世界保持着一种还不错的关系，让我觉得自己还没有老去。

最重要的是，让我觉得自己有资格继续给朵毛当老爸。

有一天散步时朵毛问我："老爸，如果有一颗钻石，你会做什么呢？"朵毛是感受型的，他的问题是来自于心灵，而不是大脑。和那些喜欢思考的早慧的孩子比起来，朵毛的每一个问题都不是用来寻找答案的，而只是用来满足他内心的情感。这个说法可能也不太准确，管他呢。我反问他："你说呢？"朵毛知道钻石的价值，所以，他希望："买个新iPad，下载很多好玩的游戏，然后再把乐高玩具全买齐。"难以置信，就这些吗难道？太没"理想"了吧！的确，这就是朵毛所要求的全部……

说真的，这正是我期待的答案。这说明他还那么傻，那么纯，还没有变坏变贪婪，呵呵，这真是太好了，这是我理想中的儿子。我说："如果那钻石属于我，我想和你一起环球旅行一圈，就这样，没别的了。哦，还有，再把全套乐高买了当作礼物送给你。"朵毛相当满意，跑开了。

上周六晚他随学校去张北野游归来，我去小区门口接他，只见他背着大包，老远就朝我飞奔过来，大声喊着："老爸！老爸！"这真是个幸福的时刻，我们紧紧地拥抱在一起，还互相拍了拍对方的背，很久不愿分开……朵毛不太喜欢拥抱，但这是他头一回独自离家，也许有些感情要抒发吧，他抱着我说："四天没见面了……"真让我惊讶，四天，他小子还数着日子的呢……

昨晚散步，朵毛突然提到他希望创造新的画法，因为他开始嫌弃自己以前的画法"不逼真"了。头一回听他这样说，挺新鲜的。"老爸，我编了个新故事，但我以前只会画火柴人，我觉得不太协调，我希望画得更逼真一些……"对画画我也没什么见解，不过我由衷地喜爱朵毛的画，尤其是写满错别字的旁白，很可乐。上周仟伊小朋友来家玩，看朵毛的作品有错别字，咯咯地笑个不停，朵毛则无动于衷、若无其事，因为他根本没概念，错别字对他还不算个事，能勉强写些字就相当不错了，难道不是吗？其实我私下觉得画火柴人也不错，甚至一直画下去也行，只要他喜欢。我总觉得小孩子画画必须是自由的，我不希望他过早受到技法一类的困扰，我希望他内心一直是自由的，就像他的梦一样……

时间过得太快，快到令人惊讶的地步。对付时间最好的办法就是忘记它。而忘记时间最好的办法，就是和朵毛在一起，和他散步，打球，看电影……

每天早晨去学校前，朵毛会说"祝我好运吧"，我则一般说："祝你快乐。"每天放学回家我会问："今天过得怎么样？"朵毛则说："不错，很开心。"

嗯，只要你开心，我就觉得生活是多么美好，就对上帝充满感激……

我爱你，朵毛……

○ 王森

你如果没有给他按自己意愿生活的能力，那是你的失职，如果你不愿意让他按自己的意愿生活，那是自私。

望子成人——提心吊胆二十年

王森

"望子成人",这几个字是我六年前在儿子教室的黑板上写下的,当时的场景现在还历历在目。

那一年儿子读高一,在一所国际学校,念的是加拿大的教材,学分制,只要按部就班修满学分就可以直通加拿大的大学。

那一天下午是儿子班级的家长会,到场的家长几乎都是爷爷奶奶，环顾教室，我好像是为数不多的几个父母之一，而所谓父母，我印象里爸爸就我一个，其他家长都是妈妈。家长会的主持人是我儿子和一个女同学，除了老师和学生分别介绍学习情况之外，有一个环节是学生和家长的互动。当儿子代表同学们向在座的家长们问出"作为家长，对子女的期望到底是什么"的时候，教室里突然鸦雀无声了。显然，小朋友们对这个问题的答案是有所期待的。爷爷奶奶们对这个问题看来是没有什么思想准备，也可能是意识到了这个问题好像不能用一些套话去应付，于是集体陷入了沉默。一分多钟过去了，为了不让儿子感到尴尬，我举手，站起来走到了黑板前，拿起粉笔在黑板上写出了"望子成龙"四个字，然后在"龙"字上面打了一个叉，写了第五个字"人"。

我说，十六年前，儿子出生时，我还很年轻，那个时候我还根本没有认真思考过如何养育孩子这个问题。准确地说，我觉得我根本还没有资格有孩子的时候就有了他。给他取名的时候，选了一个喜欢的"柏"字，还按照思维惯性用了一个"龙"，给儿子取名叫王柏龙，思维惯性当然就是"望子成龙"。可是，随着他一天天成长，我也在一天天成长，我的想法慢慢发生了变化。我越来越觉得"望子成龙"是一个一厢情愿的、霸道的荒唐想法。我之所以现在把"龙"改成了"人"字，是因为我现在认为，把王柏龙带到这个世界上来，我最大的期望只是希望王柏龙能够成为一个身心健康的普通人，如果还能够有一两个陪伴终身的爱好就更好了。至于"龙"，那是一种不食人间烟火的、凌驾于人之上或之外的怪物。我现在愿意当着大家和王柏龙的面收回我"望子成龙"的期望，我现在，望子成人。

我隐约记得说完这番话之后，教室里有稀稀拉拉的掌声，家长们没有都鼓掌，但是儿子的眼神里有骄傲。

一晃时间过去了六年，王柏龙并没有如我所愿到国外去读大学，他甚至连那所高中都没有真正毕业就号称喜欢音乐擅自跑到北京的一所音乐学院读了两年。今年，本来应该是他从音乐学院毕业开始职业生涯的年份。可惜，他又自行退学，跑回武汉，在我的咖啡学校学做咖啡。现在他正在谋划他的宠物咖啡馆，前两天还在向我介绍他的计划。

看到这里，估计读者都已经开始鄙视我或者同情我了，你这儿子是怎么带的？怎么老是三天打鱼两天晒网地没常性呀，连个音乐学院的文凭都没有拿到又半途而废，未来堪忧啊！

老实讲，写这篇文章的时候我的心情平静。作为当事人，以我的观察，有很多的细节在支持着我对他的信心。我可以确认，他已经长成了一个身心健康的成年人，符合我六年前的期待，这就够了。

但是，我也必须承认，从王柏龙出生到去年这二十年的过程是惊心动魄的。在这个过程中，我这个自认为非常自信的人不止一次地感觉到无助，感叹在中国生养一个孩子是一件风险极高的事情。我说的风险当然包括你有没有能力负担孩子成长的各种费用，但更主要的风险于我来说，是孩子在你的教育下能不能身心健康，能不能形成一个好的价值观，能不能活出一个人样子。

比如，王柏龙四五岁的时候，看到我在阳台上吞云吐雾，就指着我的胸口跟爷爷说："爸爸的肺肯定是黑的，我长大了肯定不抽烟。"这当然是受了不抽烟的爷爷的影响，我听到的时候心里暗自庆幸，不抽烟当然是好事。可是，没有想到的是，我第一次揍他竟然就是因为这小子不仅偷偷抽烟被我发现，还偷了我衣柜里的一百美金去和外教换成人民币买烟、请同学吃饭。作为一个烟鬼，儿子长大会不会抽烟，其实我心里并没有什么特别的期待，只是我当时突然意识到了，事情原来没有那么简单。令我崩溃的是，我的侥幸心理算是被现实给彻底击碎了。

第一次对自己的侥幸心理做出反省，是看到著名童话大王郑渊洁的一番话之后。郑渊洁说，只要你有了孩子，你就应该是演员。孩子的模仿能力超强，是任何奥斯卡影帝、影后都望尘莫及的。从孩子出生起，父母就要当至少十八年演员。演员有两种：本色演员和演技派演员。如果你想让孩子和你一样有出息，你就当本色演员；如果你想让孩子比你有出息，你就当演技派演员。比如，你不爱看书，但是当孩子在场时，你也要像煞有介事地捧着一本书看，使孩子从小对读书产生崇拜心理——教育孩子的根本是身教。闭上你的嘴，抬起你的腿，走你的人生路，演示给你的孩子看。

看到这段话的时候是2009年，王柏龙已经十三岁读初一了。我当然非常认同郑先生的看法，因为很科学。但我同时也知道，来不及了。儿子两岁的时候我就被离婚了，和很多单亲家庭一样，王柏龙和爷爷奶奶住在一起，我因为没有住在家里，所以他从两岁到上小学这段关键时期的成长细节我根本就没有参与。虽然我喜欢看书，但是并没有意识到要"演"给他看，自然也不会请父母去"演"给他看。可是，科学告诉我，人的很多习惯是这段时间养成的，包括读书的习惯。这是我第一次真正的焦虑，孩子每一天都在长大，过去了就过去了，无法弥补和挽回。

读书是一个终身的好习惯，我同意郑先生的科学说法，培养孩子这个习惯不可能靠说教，而我错过了最佳时期，在这一点上我很愧对王柏龙。老实说，他出生的时候，我的心智并不成熟，除了一些本能的兴奋之外，我毫无准备。

因为我的无知，王柏龙没有养成良好的学习习惯，小学的时候因为是读寄宿学校倒也中规中矩，没有什么异常，可一进初中就露馅了。虽然还是住读，但他的个性开始张扬，喜欢打球，偏科严重。按照我的价值观，我认为这个问题不大，每个人都有某些先天优势，也会有短板，王柏龙天生短跑厉害，有运动天赋，但数学不灵。作为中考高考数学都满分的我，虽然感到意外，但也只能接受现实。而且我很反感课外补课的风气，认为既然是住校，老师应该发现某个学生的弱点并加以辅助。没想到，到初二的时候，王柏龙的班主任竟然请我到学校，告诉我这个孩子的数学成绩严重影响了全班的平均水平，暗示我最好是转学。我的天啊！作为老师，竟敢对家长提出如此明目张胆的不合理要求，可想而知平时对一个弱势的中学生她会做什么，这对人格形成中的小朋友会带来多大的伤害呀！

在一个人的成长过程中，老师的这种伤害造成的隐患是不可逆转的，这种状况之普遍是一种社会层面的风险。而当时面对这种问题，我能够采取的办法只能是果断转学。

我感到无助，我们只能靠运气去碰到一个好老师，一个真正懂得尊重孩子而不是重视平均成绩和"绩效"考核挂钩的老师。

在王柏龙成长的过程中，我常常有自己不配有小孩的想法。为了弥补，从他十岁开始，我每年都带他出一次远门，十岁去了香港的迪士尼，十一岁去了法国，十二岁去新加坡，十三岁去大理、腾冲，十四岁送他去加拿大温哥华游学一个月，十五岁去澳大利亚游学。到他十六岁开始，进入了最惊心动魄的三年。

现在和王柏龙聊起那三年，这小子总是呵呵笑着说，他也不知道那几年是怎么回事，抽烟，喝酒，谈恋爱，违反校纪，除了该干的事情没兴趣干，什么"坏事"都干，而且屡教不改。这些当然可以简单地用青春期逆反来解释，但是，来自社会的风险，我认为也是实实在在存在的。王柏龙的高中是国际学校，其实也就是所谓的贵族学校，我和很多家长犯的是同样的错误，那就是因为自己拿不出更多的时间，指望花高价把孩子扔进一个好学校就万事大吉了，至少是抱着侥幸心理，希望好学校能够完成教育的全部。国际学校可能会比他之前的那个初中要人性化一点，不至于去羞辱一个孩子，但是，对一个没有养成好习惯的孩子，相对的宽松又成了负面因素。由于"贵族学校"的生源基本来自富裕家庭，各种恶习的互相影响在青春逆反期可以说是立竿见影。

高中的头两年，我多次被叫到学校配合处理他的恶行，当然也包括数学成绩一塌糊涂。每次，我都自己觉得很理性地跟他说，你看，即便是校长见到爸爸也会非常尊重，这说明你的成绩只关乎你自己的尊严，对爸爸的尊严没有影响，所以你学习并不是为了爸爸，爸爸不会因为你的成绩不好而觉得没有面子，而你，要为自己的尊严而战。很遗憾，几次反复下来，这样的说教不仅没有效果，而且到了高二下学期的时候，他竟然提出要退学，坚决不读了。于是，我威胁他，再过几个月你就十八岁成年了，实在不愿意上学可以休学一年看看。但是，我给的生活费是和教育费捆绑的，既然不读书了，那生活费也就不会有了，你得自己去找工作养活自己。没想到，这小子竟然离家出走了。

这时候我的无助可想而知。是的，我的确曾经跟王柏龙讲过，你来到这个世界上终究要成为一个独立的人，生命是你自己的，你不是我的附属品，你没有义务活成我期待的样子，我能够给你的最有价值的东西是自由。可是，我怎么也想不到，不仅最终送他去加拿大读大学然后让他自食其力的如意算盘落空，现在看来连高中都毕不了业，考国内大学更是想也别想，难不成十八岁就真的由他去闯荡江湖？

两个月后，王柏龙回到了武汉，号称去了宜昌，打了各种工，发现生存不易，希望继续上学，但是坚决不回国际学校，要直接去报考武汉音乐学院，希望我资助他开始补习声乐。这下子我又挠头了，以他的成绩就算是唱歌能够蒙混过关，文化课绝没有可能过分数线啊。可这样无论如何，他总算是回来了，总比去闯荡江湖要好啊。现在回想那段时间的挣扎和无助，心有余悸。

天无绝人之路，我在网上看到北京那所音乐学院，而且正好要来武汉招生。于是，我推荐给王柏龙去面试，没想到，他竟然顺利被录取了。当时，我自私又无助的想法是，能有个学校让这孩子待着就算不错了。于是，王柏龙高中没有毕业就去了北京，两年里传回来的都是喜讯，他告诉我他的专业课成绩不错，老师不仅认可还非常重视，多次推荐他去参加一些选秀节目，当然，最终他都被淘汰了。

每次他被淘汰的时候，我都安慰他，只要是真的喜欢，就不急着靠选秀来证明什么，等实力真的够了，选秀平台会来找你的，难道这些平台就不需要真正有实力的歌手吗？就算是有实力，还得靠潜规则，可要是你的实力超群无可替代呢？

过来人都有这样的感慨，孩子怎么一眨眼就长大了。很快，两年就过去了，半途而废的噩梦重现。突然有一天，王柏龙告诉我再读下去没有意义了，不由分说，他再次辍学，回到了武汉。他的解释是，靠唱歌出名进而养活自己在中国难上加难，做个业余爱好就好，现在他愿意到我的咖啡学校学习咖啡。我完全无语了，可是看着这个站在我面前已经高出我一截的二十岁的小伙子，我还能说什么呢？

但是，我想，愿意学习咖啡做个咖啡师也好，于是儿子就这样莫名其妙地突然成了老子的学员。

2015年的时候，我的咖啡学校已经开了三年了，培养了数百位咖啡馆的小老板。之所以开咖啡学校，是因为从2007年开始我陆续开了十几家咖啡馆都很成功，因为微博的兴起，很多粉丝常常在我的微博上咨询如何开一家自己的咖啡馆，于是我顺应市场需求办了一家专门教年轻人开咖啡馆的学校。我的办学宗旨是鼓励年轻人靠自己的技术，用自雇用的方式开一间小而美的店，过上独立自主的小日子。现在儿子说想开店，我当然不会反对，唯一担心的是，这小子会不会再次只是心血来潮。

王柏龙上完了咖啡学校的二十天课程，听了我长达三十多个小时的教大家如何开店、如何运营一间小店的课程。其间我观察到，他不仅听我的课非常认真，学习咖啡也很投入，和同期学员们相处得也非常好，还会主动帮学校的老师额外做一些辅助工作。这小子怎么突然懂事了？！于是我留他在公司工作。就这样又是两年过去了。直到前几天我从台湾出差回来，他约我聊天。

这一次，是两年"魔咒"再次出现了吗？我竟然有点紧张。

见面后，他给了我一份企划书，说想自己创业。他的计划是开一家小小的宠物咖啡馆。企划书我认真看了，非常不错，超过了我的想象，感觉这次的计划应该不属于心血来潮。我知道，他已经"偷偷"准备了一年，而且为此利用休假去台湾考察了一趟。

至此，二十二年过去了，二十二岁的王柏龙马上要开始他的第一次创业了。但现在的王柏龙身心健康，待人接物有礼有节，除了抽烟，生活上没有别的什么恶习；喜欢吉他和唱歌，逢曼联队比赛会用闹钟把自己叫醒起来看球；咖啡做得很专业，工作中勇于承担责任；宠物咖啡馆在一步步实现中。他确实已经"成人"了。我二十年的提心吊胆，自始至终担心的只是怕王柏龙长大了不能自食其力，不能靠自己的本事有尊严地生活。现在，我对他的未来充满信心。在我看来，能够自食其力就是有出息。

当了二十二年的爸爸，虽然过程有点心惊胆战，但其中的快乐也是无可替代的，最后看到他的成人，备感欣慰，这更是一种无可替代的人生经历。那些什么老子含辛茹苦一把屎一把尿把你拉扯大，你就应该对老子怎样怎样的说法都是胡扯，孩子的生命属于他自己，他来到这个世界是被动的，你如果没有给他按自己意愿生活的能力，那是你的失职，如果你不愿意让他按自己的意愿生活，那是自私。"望子成人"的含义里当然不能有丝毫的"养儿防老"，那是要把孩子培养成为一个给你养老的工具，而不是一个真正的人。孩子来到这个世界上只有一个义务，那就是长成一个自由的独立的人，然后去好好体验他的人生。